Christine Nöstlinger

# *Stundenplan*

*Roman*



BELTZ
& Gelberg

Dieses Buch ist auf Papier aus
chlorfrei hergestelltem Zellstoff gedruckt

Gulliver Taschenbuch 709

Programm Beltz & Gelberg, Weinheim

Reihenlayout und Einband von Wolfgang Rudelius
Gesamtherstellung Druckhaus Beltz, 69494 Hemsbach
Printed in Germany
ISBN 3 407 78709 X
8 9 10 11 01 00 99 98

# Wurmstunde

Die Tischplatte war einmal dunkelbraun gewesen. Jetzt war nur mehr die flache Mulde für das Schreibzeug dunkelbraun. Und die Leiste an der nördlichen Tischkante. Norden war ansonsten Süden. Süden war nur hier Norden. In der Schule ist Norden immer dort, wo der Lehrer steht.

Die Mulde und die nördliche Leiste der Tischplatte waren dunkelbraun. Die Tischplatte hatte keine Farbe. Zirkelspitzen, die ungeduldigsten Holzwürmer, hatten Rinnen gegraben. So viele Rinnen, daß keine Farbe mehr da war. Die Rinnen waren Herzen. Die Rinnen waren Türme. Die Rinnen waren ein Hakenkreuz, und der Tisch war doch viel jünger als dreißig Jahre. Die Rinnen waren: *Scheiße in der Gehsteigmitte hemmt des Bürgers freie Schritte* und: *Dagmar und Pauli* und: *Lotte und Herwig.* Lauter ungewisse Verdächtigungen. Die Rinnen waren ein Ring mit einem Pfeil. Die Pfeilspitze in der Ringmitte. Pfeilspitzen in Ringmitten waren auch an den Wänden und an den Klotüren. Da ritzte ein Besessener. In vielen Klassen waren Besessene, die Ringe mit Pfeilen ritzten. In der 4a ritzte der Banarik.

»Was soll das, Banarik?« hatte die Frau Professor Wurm gefragt, als sie den Banarik hinterrücks lauernd, aber ohne bestimmte Absicht – sie lauerte immer hinterrücks – beim Pfeilgravieren am Türstock ertappte. Der Banarik hatte hilflos die Schultern gehoben – sollte er wissen warum? Warum mußte er wirklich dauernd? – und die Schultern wieder fallengelassen.

Der Wurm war dick, hatte fette fünfundfünfzig Jahre hinter sich. Bis vor drei Jahren war der Wurm noch viel dicker gewesen. Während der Abmagerungskur hatte der Wurm viel vom eigenen Fleisch aufgefressen, doch die

Haut war geblieben. Die Haut hing hinter dem Doppelkinn, hing über die Augen, über die Ellbogen, hing um die Knie.

Das ganz gewöhnlich besessen geritzte Geschlechtsverkehrszeichen, ansonsten übersehen wie der Ritzer Banarik, wurde im Zusammenhang mit dem Wurm obszön, unanständig, unangenehm.

Die 4a kicherte, grinste.

Der Wurm – die Wurm, ahnungslos, geschlechtslos, fünfundfünfzig Jahre alt, wahrscheinlich nicht vergessen, sondern nie gehabt, der Wurm – die Wurm drohte mit den Kosten für einen neuen Türstock, zu bezahlen aus der Klassenkasse, mitgehangen, mitgefangen, einer für alle, alle für einen, denn schließlich hätte man den Banarik ja auch vom Ritzen abhalten können. Wofür waren denn die Klassensprecher da? Doch nicht nur, um sich über die Häufung der Hausaufgaben zu beschweren!

Der Banarik wischte, ribbelte mit dem Zeigefinger über Pfeil und Ring. Vom hundsbraunen Türstock bröselten winzige Lacksplitter.

»Davon wird es jetzt auch nicht mehr besser!« rügte der Wurm.

Anika saß an ihrem Tisch, an dem nur mehr die Schreibmulde und die nördliche Tischleiste dunkelbraun waren, schaute nach Norden, wartete, bis der geschlechtslose Wurm vom Türstock und vom Banarik abließ und sich im Norden aufstellte, um zu verkünden, die Streckensymmetrale sei durch den Umstand definiert, daß alle Punkte auf ihr – die, die man die Punkte X zu nennen hatte – gar nicht erstaunlicherweise von den Endpunkten der Strecke gleichweit entfernt sind.

Im Norden, auf der Tafel, grau und weiß vom Kreidestaub, standen lateinische Wörter. *Magno studio laborate.* Trotzdem verjährt. *Ablativus modi – Angabe eines die Handlung begleitenden Umstands.*

Der Wurm rief nach den Tafelordnern. Die die Handlung begleitenden Umstände hatten sich *hic et nunc* im Koordinatensystem zu bewegen! Der Wurm wurde bescheidener. Rief nach *dem* Tafelordner. Einen Tafelordner, wenigstens, müsse die Klasse doch haben! Eine Klasse ohne Tafelordner könne doch nicht bestehen! Und wenn schon kein Tafelordner vorhanden sei, dann solle gefälligst der Klassensprecher die Tafel wischen!
Anika stand auf, ging nach Norden, holte den grünen Fetzen unter dem Lehrertisch hervor. Der grüne Fetzen war steifgetrocknet, sah wie ein Krokodil im Kasperltheater aus. Kreidestaub wirbelte aus dem Krokodil, der Wurm hüstelte, schickte Anika das Tuch »anfeuchten«.
Das Waschbecken, in der Nische an der Südwand, war gestern abmontiert worden. Es hatte drei lange und zwei kurze Sprünge gehabt. Ein Malheur, wie es immer vorkommen kann!
»Der Strobl ist – bitte schön – wieder einmal wahnsinnig geworden und hat der Kothbauer an die Brust gegriffen, und die Kothbauer hat ihm das linke Ohr um hundertachtzig Grad verdreht, und der Fidi hat das Wasser aufgedreht und den Hahn zugehalten, und der Strobl hat mit dem Fuß gegen das Waschbecken getreten, und es ist ein Wunder, daß das Waschbecken nicht sofort von der Wand gefallen ist!«
»Der Strobl ist – bitte schön – ausgerutscht, und der Fidi war dahinter, und die Kothbauer wollte ihn halten, aber sie ist zu spät gekommen, und da ist der Kopf vom Fidi mitten in das Becken hinein, und es ist ein Wunder, daß er keine Gehirnerschütterung hat!«
»Der Strobl ist – bitte schön – auf den Fidi losgegangen, und die Kothbauer ist dazwischengestanden, und da hat ihr der Fidi das Käsebrot aus der Hand geschlagen, und da ist die Kothbauer wild geworden, hat das Käsebrot aufgehoben und mit der Butterseite nach vorne, denn der

Käse ist am Boden klebengeblieben, dem Fidi auf das Hirn gepickt, und da hat der Strobl so gelacht, daß er ins Waschbecken gefallen ist. Immer wenn der Strobl lacht, weiß er nicht mehr, was er tut, und es ist ein Wunder, daß das Waschbecken nicht in zwei Stücke zersprungen ist, denn der Strobl hat einen riesigen Fetthintern, und der ganze Fetthintern war im Waschbecken drinnen!«
Der Wurm – die Wurm soll sich eines von den Wundern aussuchen. Alle Wunder sind gleich viel wert. Eine neue Waschmuschel pro zwei Jahre hat der Elternverein genehmigt. Falls sich die Täter melden. Strobl! Fidi! Kothbauer! Einer für alle. Alle für einen.
Wurm-Würmin, frag ruhig lange, wir haben Zeit. Frag dir sämtliche Streckensymmetralen weg. Wir erzählen dir, wenn du magst, noch viel mehr Wunder. *Stuvag* heißt sowas. Stundenverkürzungsaktion.
Der Wurm will keine Stuvag. Wenn man das Tafeltuch nicht am klasseneigenen Waschbecken befeuchten kann, dann soll Anika zum Waschraum gehen!

Anika geht aus der Klasse. Sie geht zum Waschraum, der am weitesten von der 4 a entfernt ist. Sie geht an Türen vorbei, hinter denen es still ist, an Türen, hinter denen eine Stimme zu hören ist. Sie erkennt die Stimmen. Eine Stimme mag sie. Die eine Stimme sagt: ». . . trat in die Dienste des Herzogs Karl August von Sachsen-Weimar . . .«
Es ist eine langsame Mitschreibestimme. »Sachsen-Weimar«, sagt die Stimme noch einmal, »Sachsen-Weimar.«
Vorne, dort wo der Gang zur Treppe biegt, sind Schritte. Schnelle Schritte, Lehrerschritte. Schüler, die während der Unterrichtsstunde auf den Gängen sind, gehen nie so schnell.
Anika verschwindet im Waschraum.

Jetzt ist dem Wurm der Tafelfetzen zu naß. Nur sehr nasse Tafeln glänzen schwarz, Wasser tropft von der Tafel, tropft in den Kreidestaubweg am Fußboden, die Mauer entlang. Der Kreidestrich des Tafelzirkels ist nicht zu sehen. In einer halben Stunde erst wird er zu einem weißen Ring auftrocknen. Der Wurm malt die Streckensymmetralen in die Luft, verlangt nach einem trockenen Wischtuch, das ihm niemand geben kann, ein zweites Wischtuch war nie vorhanden. Der Wurm appelliert an die Klassenkasse.
»Wir sind ja keine Millionäre!« flüstert jemand zu laut.
»Für Eis und Kino ist aber immer etwas da!« behauptet der Wurm, malt weiter in der Luft herum, sagt: »Mit vierzehn muß man schon abstrakt denken können, wenn man die höhere Schulbildung gewählt hat!«
Anika sieht keine Streckensymmetrale in der Luft. Anika sieht zehn dicke Finger mit zuviel Haut in der Luft. Die Nägel sind kurz geschnitten. Nagelbeißerkurz.
Nach Sachsen-Weimar emigrieren, denkt Anika. Aufstehen, sich artig verneigen, Frau Professor Wurm, sie sind mir zu langweilig, den Stuhl nehmen, aus der Klasse gehen, eine mauloffene 4a hinter sich lassen und in die Dienste des Herzogs Karl August treten, Sachsen-Weimar, I'm coming, weil ich Ihre Stimme mag, weil Sie kein Wurm sind!

Anika gähnt, ohne den Mund zu öffnen. Wer beim Gähnen den Mund öffnet, wird vom Wurm als verschlafen-uninteressiert eingestuft und bekommt einen roten Punkt auf die Wurmsche Punkteliste gemalt.
Anikas Kiefer, hinten bei den Ohren, knirschen. Die Kiefer protestieren gegen zuviel Luft, der Druck in der Mundhöhle ist zu groß. Zehn rote Punkte bedeuten den Antrag auf einen Zweier in Betragen. Anikas Augen tränen von der Anstrengung, den Mund geschlossen zu

halten. Zwanzig rote Punkte bedeuten: Vorladung des Erziehungsberechtigten, der dem Gesetz nach der Vater ist. Anikas Gesicht ist verzerrt. Anika schaut aus wie eine alte Frau, die dreimal vom Schlag gestreift und einmal vom Schlag getroffen wurde.

Anika senkt den Kopf. Reißt den Mund auf. Gähnt in das Geometrieheft, gähnt in: X/XR = XS.

»Nikl, steck mich nicht an«, sagt der Rolli Huber, der neben Anika sitzt, den Tisch mit ihr teilt, nicht teilt: ihre Hälfte sind zwei Drittel. Rolli hat einen Mittelstrich gezogen, den Anika seit vier Jahren ignoriert.

Rolli Huber gähnt nun auch. Er füllt die Rinne von *Gehsteigmitte* mit grünem Kugelschreiber aus. Das Hakenkreuz ist auch auf seiner Seite. Und *Dagmar und Pauli.*

Anika wischt winzige Spuckeblasen vom X/XR = XS. Rolli versucht seit vier Jahren, aus dem Hakenkreuz ein Fenster zu machen, doch da sind zwei winzige Astansätze in der Platte, da ist das Holz ganz hart, da kann die Zirkelspitze nicht ritzen. Zwei Zirkelspitzen hat der Rolli schon an den Astansätzen verbogen.

»Wer da hinten gähnt, der hat anscheinend Langeweile, der soll gleich herauskommen«, sagt der Wurm, »und analog zur Streckensymmetrale seine Gedanken zur Winkelsymmetrale äußern!«

Anika schaut Rolli an. Rolli kann besser analoge Gedanken fassen. Rolli hebt das Hinterteil sehr langsam vom Sessel, aber die Kothbauer ist schon im Mittelgang und murmelt: »Wenn die Luft so schlecht ist, muß man ja gähnen!«

Die Kothbauer geht nach Norden, steht dort eine Minute, hat keinen analogen Gedanken zur Streckensymmetrale und wird zurückgeschickt. Rolli grinst. Anika grinst.

Anika hat unter dem Geometrieheft einen karierten Zettel liegen. Auf dem Zettel sind fünfzig kleine Vierecke

rot umrandet. Eine Schulstunde hat fünfzig Minuten. Vierunddreißig Vierecke sind schon blau ausgemalt. Anika schaut auf die Uhr. Alle sechzig Sekunden zieht sie den Zettel unter dem Heft hervor und malt ein Viereck blau an.
Vor den Fenstern, auf der gegenüberliegenden Straßenseite, steht ein Haus mit einer Dachterrasse. Die Dachterrasse ist in Höhe der Klassenfenster. Auf der Dachterrasse steht ein Gummibaum. Bis Mitte November steht der immer dort, wird dann von einer Dicken heruntergeholt; Gummibaums Sommerquartier.
Gummibäume sind langweilig, denkt Anika, haben keine Fantasie, immer rechts ein Blatt, links ein Blatt, rechts ein Blatt, links ein Blatt.
Auf die Terrasse kommt eine Frau. Den Hund hat sie heute nicht mit. Immer hat sie einen Perlonmantel über dem Kleid. Einen Verkäuferinnenmantel. Ist aber garantiert keine Verkäuferin. Die Frau verschwindet hinter dem Schornstein. Gleich wird sie mit einem Liegestuhl zurückkommen, die letzte Sonne ausnützen, die Beine hochlegen.
Die Frau kommt mit einem Besen. Der Besen ist neu! Der Besen ist alt, der Besen ist für Anika neu. Die Frau kehrt die Dachterrasse. Sie geht von Anika weg. Sie ist verschwunden. Die in der ersten Bankreihe, beim Fenster, die müßten sie jetzt sehen, doch die vorne, die starren den Wurm an. Wer so weit im Norden sitzt, der kann nicht aus dem Fenster schauen. Der Wurm pflegt zu sagen: »Wenn es dir hier zu langweilig ist, kannst du ja gehen!«
Kannst du? Gehen, einfach gehen, auch an Sachsen-Weimar vorbei, hinausgehen, immer weiter gehen, zum Horizont gehen, eine Horizontale. Horizontale-Horizontale-Horizontale. Ein irrsinniges Wort! Die meisten Wörter sind irrsinnig, wenn man sie ein paarmal hinter-

einander sagt. Ein Silberstreifen am Horizont! Anika schaut auf die Uhr. Sie kann sechs Vierecke ausmalen. Und wenn sie sehr langsam malt, kann sie noch ein siebentes ausmalen, denn zwanzig Sekunden von der siebenten Minute sind schon um.

# Mittagspause

Die Mutter – die Mama mit zwei kurzen a, solange Anika noch klein war, die Mama mit zwei langen a, als Anika ins Gymnasium kam und vornehm werden wollte, die Alte, wenn sie Rolli Huber vom heimischen Herd Bericht erstattete – die Mutter, jetzt in heiteren, seltenen Stunden »Süßerchen« genannt, die Mutter hatte sich beim Mittagessenkochen selbst übertroffen.

Die Suppe war nicht nur versalzen. Sie barg Mehlklumpen auf dem Tellerboden, und obenauf schwammen rosa Fettaugen. Anika starrte auf den Teller. Rosa ist keine Suppenfarbe. Zuviel Salz und Rosa ist nicht zu essen.

Anika griff nach dem Suppenlöffel, vorsichtig und senkrecht tauchte sie den Löffel ein wenig in die Suppe, dorthin, wo zwei rosa Fettaugen dicht beieinander schwammen. Die zwei Fettaugen wuchsen zusammen. Anika schob das zusammengewachsene Fettauge an den nächsten Fettaugennachbarn heran. Ein winziger Stich mit der Löffelspitze, und der Nachbar lief zum großen Bruder über.

»Spiel nicht mit dem Essen herum!« sagte die Mutter.

»Was soll ich denn sonst damit tun?« Das nächste Nachbarfettauge wanderte in die fettrosa Vereinigung. Ordnung in die Suppe bringen. Unten das Mehl, dann das Wasser und oben das rosa Fett.

»Essen sollst du!«

»Rosa Fettaugen esse ich nicht!«

»Das ist von einem indischen Gewürz, das ist eine gute Suppe, eine sehr gute, absolut gute Suppe ist das!«

Anika stach mit dem Löffel durch das Riesenfettauge bis zum Grund und holte einen Mehlklumpen herauf.

»Ist der auch ostindisch?« Sie hob den Löffel samt Mehlklumpen hoch und ließ den Mehlklumpen in den

Teller, ins zerbrochene Riesenfettauge fallen. Der Mehlklumpen klatschte in die Suppe, die Suppe spritzte über den Tisch, klebte als fettrosa Tupfer auf der gelbweiß marmorierten Tischplatte.
Die Mutter schwieg, lehnte an der Abwasch, von den tizianroten Haarbüscheln über den grünen Lidschatten und den silberbraunen Lippenstiftmund bis zum weißen Doppelkinn ganz Mater dolorosa. Schau, wie ich leide, und sage kein einziges Wort, schau, wie ich gut bin, und rede überhaupt nicht davon, schau, wie ich deine Frechheiten hinnehme, hieß der Mutterblick.
Anika schob den Suppenteller von sich weg. Die fettrosa Tupfer wurden zu dünnen Streifen. Die Mater dolorosa nahm den Teller, leerte die Suppe in den Suppentopf zurück – armer Papa, armer Ede, jetzt hat er sie drei Nachtmahl lang – und stellte einen anderen Teller vor Anika.
Auf dem Teller war Braunes, Aufgebrochenes, Zerborstenes. Rosinen im Aufbruch, schwarzer Trauerrand, hartgebacken.
»Apfelkuchenasche?« Anika stand auf, holte zwei Birnen und eine Tafel Nußschokolade aus der Küchenkredenz, eine Flasche Bitter-Orange aus dem Eisschrank. Bitter-Orange, sagte die Mutter immer, ist zu teuer für den Durst. Bitter-Orange ist nur für Gäste.
Anika nahm die Nußschokolade und die Birnen in eine Hand, klemmte die Bitter-Orange-Flasche unter den Arm. Die Mutter schaute, als ob vor ihren Augen ein gewinnbringender Banküberfall stattfände und sie der geknebelt-gefesselte Bankdirektor wäre. Anika ging aus der Küche. Die Küchentür schlug sie mit dem Fuß hinter sich zu.
Die Küchentür stand gewöhnlich offen.
Anika war bei der Tür ihres Zimmers, als die Küchentür wieder aufgerissen wurde. Keine Mater dolorosa, kein

geknebelter Bankdirektor, sondern ein rotbehaarter Lindwurm streckte den Kopf aus der Küchentür heraus und kreischte: »Hüte dich, ich sage dir, hüte dich!«
»Wovor, bitte?« Anika wartete nicht auf Antwort. Die Tür zu ihrem Zimmer, allerdings, machte sie leise zu.

Das Leintuch müßte gespannt werden, liegt faltig über einer Matratzenhälfte, hängt bis zum Boden, hängt in den Aschenbecher. Der Aschenbecher muß wirklich ausgeleert werden. Der Lindwurm schreit sonst. Der Lindwurm raucht selber, raucht zehnmal soviel wie Anika.
Anika reißt ein Blatt aus dem Notizheft, leert die Zigarettenstummel auf das Papier, knüllt es zusammen, wickelt einen Fetzen Seidenpapier darüber, wirft die Papierkugel in den Papierkorb.
Der Lindwurm der Kothbauer merkt immer gleich, wenn die Kothbauer in ihrem Zimmer raucht, denn der Lindwurm der Kothbauer raucht nicht, hat eine feine Nase, da kann man stundenlang lüften, Intimspray versprühen, Kerzen anzünden, der Lindwurm der Kothbauer erschnüffelt jede Zigarette. Anikas Lindwurm schnüffelt nicht, raucht zwei Schachteln Pall Mall am Tag, hat keine Nase mehr, sieht nur noch Stummeln. Die Stummeln sind im Seidenpapier im Papierkorb. Der Lindwurm kann nichts mehr sehen.
Anika legt sich auf das faltige Leintuch, unter dem Kopfkissen ist es hart, unter dem Kopfkissen liegt der Rekorder. Anika zieht den Rekorder unter dem Kissen hervor. *Lucy in the sky with diamonds* das Band müßte nicht länger als einen Meter sein *Lucy in the sky with diamonds* Rücktaste *Lucy in the sky with Diamonds* Rücktaste *Lucy in the sky.* Gleich wird der Lindwurm an die Tür hämmern, wird sagen, das hält er nicht aus, das geht zu weit, nur Idioten spielen einen Song zehnmal hintereinander. Lindwurms Rache! Nur ein Idiot! *Lucy in*

*the sky with diamonds.* Deswegen hat der Rolli gesagt. LSD, heißt das, hat der Rolli gesagt. Die Kothbauer sagt, sie hat schon einmal Hasch geraucht. Die Kothbauer ist irre, die sagt auch, sie hat einen bisexuellen Freund. Die Kothbauer hat gar keinen Freund. Die Kothbauer hat immer das, was ihr aus der letzten Ausgabe vom *Bravo* besonders gut gefällt. Die Kothbauer schaut aus wie eine Fettammer. Eine Fettammer muß ausschauen wie die Kothbauer. Fettammern stehen im Kochbuch, sie sind eine Spezialität aus dem Elsaß. Die Kothbauer sagt, sie würde dem homosexuellen Freund nicht gram sein, aber leider hat sie eben ältere Anrechte auf den Bisexuellen als der Homosexuelle. *Lucy in the sky with diamonds.* Wenn die Kothbauer schon einmal gehascht hat, denkt Anika, dann freß ich einen Besen samt Stiel und Dreckwuwer!
Anika steht vom Bett auf, geht zum Schreibtisch. Gebirge, Gebirge aus Heften und Büchern, Filzstiften, Make-up-Tuben, Perlenketten und Augenbrauenpinzette. Gebirge aus Schreibmaschinenpapier und Löschblättern und Brigitte und Bravo und Pop, und wo man hingreift, rutscht es, die Hefteinbände sind zu glatt, und die Gebirge lassen sich nicht zur Seite schieben, rutschen vom Tisch, rutschen unter das Bett, werden von einem Schuh und einem angebissenen Apfel gebremst.
»Scheißkram!« Und der Zettel mit dem Elternvereinsbeitrag muß irgendwo darunter sein, und die Liste mit den Nähsachen. Mädchenhandarbeiten, Vierbahnenrock, aus dem Leben gegriffen, untragbar, mit umgeschlagenem Gürtelband. Die Buben kleben inzwischen Perchtenmasken*.
Ordnung lerne, übe sie, Ordnung spart dir Zeit und Müh, sagt der Lindwurm immer. Die Hefteinbände sind schuld. Anika gräbt nach dem Englischheft. Bis morgen: Eng-

* Dämonenmasken (Brauchtum in Österreich und Oberbayern)

lisch, Latein. *Puer laudandus with diamonds!* Das Englischheft hat eine verbogene Ecke. Das Deutschheft ist unversehrt. Sachsen-Weimar wäre es egal, wenn das Deutschheft eine verbogene Ecke hätte. Aber der englische Mensch ist ein Pedant. Verlangt sogar erbsengrünes Spinnwebenpapier zum Einbinden, und der Vorname hat nach dem Nachnamen zu stehen, und die Klasse gehört genau unter den Namen, in die Mitte. Jeden Tag, um halb sieben in der Früh, geht der englische Mensch im Tiergarten spazieren. Das braucht er. Da pumpt er sich voll Luft, sagt er.

Cito-ecce-magnopere-medeor tibi-culpa vacare, die rechte Hand hält die rechte Blatthälfte zu. Bis zum roten Strich. Der Lindwurm – ante portas – schlägt mit Pfannen, schlägt mit Türen. Ersatzbefriedigung.

Culpa vacere heißt: frei sein von Schuld, und bene mereri de re – die rechte Hand blitzschnell von der rechten Seite – heißt: sich um eine Sache verdient machen. Latein ist gut zum Denken. Stärkt das Hirn. Phosphor stärkt das Hirn auch. Fisch und Latein.

Dem Lateiner muß man fest in die Augen starren. Das ist der Trick. Fest gestarrt bedeutet gutes Gewissen. Schau mir in die Augen, Kind! Fest gestarrt ist gut vorbereitet. Geduckt, gebeugt, ist nichts gelernt. Das ist der Trick! Alle vierzehn Tage einmal zwei Seiten auswendig lernen und dann ducken und beugen. Der Lateiner schaut sich um, sucht sein Opfer. »Heute wird uns«, der Blick wandert, Fensterreihe, Mittelreihe, Türreihe, bleibt am Geduckten, Gebeugten hängen, »das Fräulein Anika die Vokabeln wiederholen!« Auf den Leim gegangen! Ätsch! Vorbereitet! Zwei Wochen Ruhe. Falls der Lateiner jemals hinter Anikas Trick kommt, geht er in Pension, ein alter Lateiner kann nicht mehr umgeschult werden. Den Freiberger hat zehn Tage nach der Pensionierung der flüssige Schleimschlag getroffen. Tot. Hat nicht ohne

Schule sein können. Unser lieber Kollege, euer verehrter Lehrer, die Klassensprecher werden beim Begräbnis in Zweierreihen anwesend sein, und einen Schilling – pro Person – bitte, für den Kranz.
Zwölf Kränze, zwanzigmal soviele Buketts wie bei einer Hochzeit, und der Freiberger im Sarg kann sich nicht mehr mucksen. Das Begräbnis war lehrreich für Anika. Zwei dicke Alte mit Schleier, eine dicke Junge und zwei dünne Junge ohne Schleier, vier kleine Kinder, zwei häßliche Männer, alle sehr schwarz, alle mit Tränen, alle Freiberger. Und es war so erstaunlich, daß man erstaunt war, daß der Freiberger eine Alte mit Schleier hat, die losheult, wenn der mucksmäuschenstille Freiberger in das lehmbraune Loch versenkt wird. Und gar so katholisch, wie sie in der Schule immer gesagt haben, kann der Freiberger auch nicht gewesen sein. Er hat nur den üblichen Konfektionspfarrer gehabt.
Nächstes Jahr, denkt Anika, brauche ich keine Unterschrift mehr, wenn ich aus Religion austreten will, aber der Lindwurm wird klagen, der Lindwurm war seit zwanzig Jahren nicht mehr in der Kirche, trotzdem, man kann nie wissen, sagt der Lindwurm, so was spricht sich herum, warum willst du dir das Leben schwerer machen? Der Mensch muß sich anpassen! Halte den Mund und denk dir dein Teil! Sonst kriegst du dein Teil ab! Weisheiten fürs Leben, Anika! Wer bitte, wenn nicht die eigene Mutter, soll dir das beibringen, Anika? Auf wen bitte, wenn nicht auf die eigene Mutter, willst du hören, Anika? So gut wie eine Mutter meint es sonst niemand mehr im Leben mit dir!
Sechs lateinische Sätze lassen sich leicht in der Zehnerpause abschreiben. Englisch ist erst in der fünften Stunde. Vierte Stunde Turnen. »Bitte, Frau Professor, ich habe meine Tage!« Blick ins kleine Büchlein. »Du hast in letzter Zeit ziemlich oft deine Tage!« Grinsen. »Ja, Frau

Professor, meine Mama hat auch schon gesagt, wenn das so weitergeht, dann müssen wir zum Arzt gehen, wahrscheinlich habe ich eine Eierstockentzündung!« Nein, Eierstockentzündung, das ist zu dick, das ist zuviel. Aber schön! Noch schöner: Gebärmutterzyste. Gebärmutterkrebs. Turnentschuldigung auf ewig.
»Der Zyklus, hat der Arzt gesagt, muß sich bei mir erst einrenken!« Ja, das ist gut, das ist normal. Und wenn ich bei der nächsten Regel mitturne, denkt Anika, dann kann sie überhaupt nichts sagen! Die Sonntag hat noch gar keine Mensis. Sie sagt zwar, sie hat eine, aber das ist glatt erlogen, ihre Mutter hat es Anikas Mutter erzählt. Mütter besprechen so was. Mütter sind manchmal geil auf die Menstruation ihrer Töchter. Über ein Jahr hat der Lindwurm gelauert. Unterhosen nach Vorzeichen inspiziert. Kind, wenn es soweit ist, dann kommst du zu mir. Endlich! Vergitterte Watteungeheuer ausgehändigt und in den Weiberclan aufgenommen! Und dann Schreikrämpfe wegen der Tampons. Ihre Frauenärztin hat gesagt, ein Mädchen soll das lieber nicht. Man könnte sich verletzen! Was verletzen? Die Unberührtheit, Kind! Wenn man sich hinhockt oder ein Bein hebt, geht es ganz leicht, und Tampons stinken nicht, stinken nicht so wie die Kothbauer! Trotzdem, Kind, das verstehst du nicht, die Unberührtheit! Was bitte, ist mit der Unberührtheit? Frag nicht so blöd, du weißt ganz genau, was ich meine! So geht's meistens aus. Immer, wenn man wirklich nicht weiß, was sie meint, sagt sie, man wüßte es schon.

Anika klappt das Vokabelheft zu. Die Siebente hat jetzt Steno. Nach dem Nachmittagssteno ist Kaffeehaus. Vorgestern hat der Stemberger ihr Cola mitbezahlt. Ohne Erklärung. Anika besitzt zwölf Schilling, und im Jackensack müßte noch ein Zehner sein. Nein, die zwölf Schilling hat sie nicht mehr, die hat sie dem Berti Jogek geborgt.

Aber der Zehner im Jackensack! Im Jackensack ist kein Zehner. Auch die Zündhölzer sind nicht mehr im Jackensack. Der Lindwurm hat die Taschen ausgeräumt. Das muß er, sagt er, aus hygienischen Gründen. Den Zehner hat er sicher ins Sparschwein geworfen. Spare in der Zeit dein Taschengeld, dann hast du in der Not ein Weihnachtsgeschenk für die Großmutter! Und: Wer Geld in Jackensäcken herumkugeln läßt, der hat ohnehin zuviel davon!
Anika braucht den Zehner. Wenn im Kaffeehaus der dicke Otto ist, und der dicke Otto ist meistens im Kaffeehaus, dann wird er die dreizehn Schilling von ihr haben wollen, die sie ihm seit drei Wochen schuldig ist. Der Otto hat da keine Hemmungen: »Sauf kein Cola, wenn du Schulden hast!« Ohne Cola kann man aber nicht im Kaffeehaus sitzen. Der Ober verlangt, daß jeder, der einen Stuhl versitzt, etwas trinkt oder ißt. »Wir sind ja keine Wärmestube«, sagt der Ober. Dabei lebt das Beisl von den Schülern. Die könnten zusperren, wenn sich die Schüler ein anderes Lokal suchten.
Ein Zehner muß aber her!

# Geldstunde

Der Lindwurm ist nie lange Lindwurm. Er ist nicht gerne mit sich allein. Außerdem schlägt er nicht mehr mit Pfannen und Türen. Anika geht aus dem Zimmer. Die Küche ist leer. Blitzblank leer, mit einem Schuß Alkohol, mit zwei Spritzern Salmiak, mit drei Tropfen echter Zitrone zum Einführungspreis.
Die Mutter sitzt im Wohnzimmer. Kreuzworträtselt bei Neskaffee und Topfenkolatschen*. Mag also die Apfelkuchenasche auch nicht.
»Du, Mama?«
Die Mutter hebt den Blick vom Kreuzworträtsel. Einen verzeihenden Blick gewährt sie.
»Ja, Anika?«
»Mama, ich ...«, also, Scheiß mit Reis, schließlich war's ja mein Zehner, ich hab ein Recht drauf, so demütig bitten muß ich da gar nicht, »Mama, in meiner Jackentasche war ein Zehner!«
Die Mutter schaut wieder aufs Kreuzworträtsel. Die Stimme, leise, beherrscht, aber keineswegs milde: »Den Zehner habe ich in deine Sparkasse getan, wenn ich das nicht täte, hättest du ohnehin nichts in der Sparkasse!«
»Es war mein Zehner! Du hast kein Recht, meinen Zehner einfach in das Sparschwein zu schmeißen!«
»Dann laß ihn nicht herumkugeln!«
»Er ist nicht herumgekugelt! Er war in der Jackentasche drinnen!«
»Die ganze Jacke ist herumgelegen!«
Die Mutter starrt noch immer auf das Kreuzworträtsel.
Anika – vor ihr stehend – sieht auf die tizianroten Haarbüschel. Sie hat Lust, mit der Faust auf die Haarbü-

* Käsetaschen

schel zu dreschen. Einmal – zweimal – dreimal, bis die Mutter aufhört, so gemein zu sein. Aber der Zehner muß her. Wer mit der Faust auf tizianrote Haarbüschel drischt, kriegt keinen Zehner. Kriegt gar nichts mehr.
»Dann gib mir einen Zehner!«
»So nicht, mein Kind!«
»Soll ich vielleicht einen Kniefall machen wegen einem verdammten Zehner?«
»Von Kniefall war keine Rede. Es geht um höfliches Benehmen.«
Die Hinterseite der Mutter ist scheußlich. Durch den Pullover sieht man den Büstenhalter. Man sieht sogar, daß der Büstenhalter am letzten Haftel geschlossen ist, und über dem Büstenhalter und unter dem Büstenhalter wölbt sich Speck. Der Hintern ist kariert. Ein karierter Breitarsch. Karierter Breitarsch, plattgedrückt am Sessel, quillt kariert unter den Armlehnen durch, zwischen den Stäben der Rückenlehne durch. Aus Karos werden Rauten.
»Also, dann gib mir doch einen Zehner.«
»Ich hab schon gesagt: So nicht, mein Kind!«
»Dann hol ich mir das Geld von der Sparkasse!«
»Das wirst du bleibenlassen!«
»Warum?«
»Darum!«
Darum – darum – darum! Eine blödere Antwort gibt's gar nicht! Anika wird es nicht bleiben lassen, das Sparbuch gehört ihr und nicht dem Lindwurm!
Anika geht zum Wandverbau – Teakholzkorpus-Frontflächen-weiß-Luxusausführung, Gegenwert für hundertfünfzig väterliche Überstunden. Die Sparbücher sind hinter dem Türl unter den Schiebeglastüren.
»Das wirst du nicht!« Breitarsch schnellt vom Sessel hoch. Stuhl kippt nach hinten. Dickes Mutterfüßchen bleibt am Teppich hängen.

»Das wirst du nicht!«
Anika hat die Hand bereits am Türgriff. Anika schaut die Mutter an, das dicke Mutterfüßchen unter dem Teppichrand. Soviel Hohn im Blick wie möglich, heißt: Wenn ich so ein dickes Füßchen hätte, würd ich mich glatt umbringen! Schäm dich für das Füßchen und für den Breitarsch und für die roten Haarbüschel!
Anika macht das Türl auf. Greift nach dem obersten Sparbuch.
»Das ist meins«, kreischt die Mutter.
Sie soll sich bloß nicht in die Hose machen, Anika will sie ja nicht ausrauben.
Anika legt das Mutter-Sparbuch zurück, greift nach ihrem Sparbuch.
Die Mutter schlägt zu, trifft nicht. Dabei ist Anika nicht einmal zurückgewichen. Die Mutter trifft selten.
»Na, hau noch einmal her, wenn's dir Spaß macht, bitte!«
»Leg sofort das Buch zurück!«
Die Mutter schlägt nicht zu, Anika legt das Buch nicht zurück. Sie stehen, schauen. Aug in Aug. Aug um Aug. Zahn um Zahn. Die Mutter hat zwei Goldkronen. Nur wenn sie sehr viel Wut hat, geniert sie sich nicht für die Goldkronen. Die Mutter will etwas sagen, die Goldkronen blitzen links unten und rechts oben. Die Mutter kann nichts sagen, hat zuwenig oder zuviel Luft, auf ihrer Nase sind die Poren sehr groß, an der Nasenwurzel sind die Poren schwarz verstopft, die Haare, unten am Haaransatz, sind zwei Millimeter hellbraun. Wenn der Mann wenig verdient und das Kind ins Gymnasium geht, sagt die Mutter immer zur Tante Grete, dann kann man eben nicht so oft zum Friseur rennen.
Die Mutter hat das Atmen, das Reden wieder erlernt.
»Leg das Buch zurück, du, leg sofort das Buch zurück, aber sofort!«
Es hat keinen Sinn. Es ist sinnlos. Es ist zu nichts gut, und

die Sparkasse hat vor zwei Minuten zugesperrt. Aber das Sparbuch legt Anika nicht zurück. Das Sparbuch schmeißt Anika auf den Teppich, vor das dicke Mutterfüßchen.
»Da!« schreit Anika, »ist dir jetzt leichter?«
Die Mutter schaut nicht so aus, als ob ihr jetzt leichter wäre. Hinaus aus dem Wohnzimmer, Griff nach der Jacke, bevor sie etwas sagen kann, zur Wohnungstür hinaus, aber halt, auf der Garderobe liegt ein Zettel, Radioabrechnung, und auf dem Zettel liegt das Wechselgeld. Ein Zehner und zwei Schilling, na also! Wie hat das Mütterchen gesagt: Wer Geld herumkugeln läßt, hat ohnehin zuviel davon! Wie wahr, Mütterchen!
Anika steckt die zwölf Schilling in die Jackentasche. Schlägt die Wohnungstür hinter sich zu.
Garantiert hockt sie jetzt drinnen und heult, denkt Anika. Aus Wut. Anika tut sie nicht leid. Sie soll nur heulen, allein heulen, heulen und Nachtmahl kochen und Kreuzworträtsel auflösen und warten, bis ihr Mann kommt, der das alles, was sie ihm erzählen-klagen will, nicht hören mag.
Anika wird einen kleinen Braunen trinken, der kostet fünf Schilling. Ein Glas Sodawasser gibt der miese Ober ja nicht her. Zum Kaffee dazu schon. Aber nicht allein. Dem Otto wird sie eben nur sieben Schilling zurückgeben! Und vielleicht ist der Otto gar nicht da! Und vielleicht ist der Stemberger wieder da! Der hat immer Geld.

# Spiegelstunde

Es regnet nicht richtig, der Wind ist aber naß. Der nasse Wind zerstört die großen Wellen beiderseits des Mittelscheitels, macht aus den großen Wellen Dutzende kleine, schäbige Ringellocken. Außerdem ist die Jacke keine Novemberjacke.

Anika beginnt zu laufen. Wenn man läuft, braucht man von Anikas Haus bis zum Kaffeehaus – gegenüber der Schule – neun Minuten. Anika möchte in neun Minuten noch nicht im Kaffeehaus sein. In neun Minuten sind die anderen noch nicht dort. Es ist nicht gut, die erste zu sein. Der Stemberger zahlt zwar oft ein Cola, aber er kann auch gemein sein. Der Stemberger kann hereinkommen, grinsen und sagen: »Na, wessen Braut erwartet denn da die heimkehrenden Seemänner?«

Der Stemberger kann auch sagen: »Schaut's euch an, jetzt hockt auch schon das Grünzeug im Beisl herum!« und sich an einen anderen Tisch setzen. Der Stemberger hat manchmal solche Launen. Die anderen setzen sich dann garantiert zum Stemberger und nicht zu ihr. Schon deswegen, weil der Stemberger oft zahlt.

Außerdem könnte die Michaela im Kaffeehaus sein. Die Michaela sitzt dort oft den ganzen Nachmittagsunterricht ab. Die Michaela geht in die Achte, und ihre Hüften sind viel zu breit, und Busen hat sie gar keinen. Sie raucht Zigaretten ohne Filter, manchmal trinkt sie einen Whisky, oft trinkt sie einen Martini. Sie geht viermal in der Woche Babysitten, hat daher immer Geld, weiß auch immer ordinäre Witze, hat eine Packung Antibabypillen für jedermann sichtbar im Schülerausweis stecken und redet mit Anika so, als ob sie auch bei ihr Babysitter wäre.

Anika beschließt, erst in fünfzehn Minuten beim Kaffeehaus zu sein. Dann sitzen sie bereits am Tisch, hinten in

der Nische, und Anika kann sich einen Sessel holen und sich dorthin setzen, wohin sie mag.
»Rück ein Stückel«, kann sie zum Herbert sagen und ihren Stuhl zwischen den vom Herbert und den vom Wolfgang schieben. Der Herbert rückt garantiert.

Bei der Kreuzung, bei der Straßenbahnhaltestelle, ist eine Passage. *Spiegel-Krachmann Luster Lampen und Spiegel für den modernen Geschmack.* Anika geht in die Passage. Ganz nach hinten. Vorne stehen die Leute, die auf die Straßenbahn warten. Anika starrt in den Spiegel, Marke *Kristall Extra Modell Desiree.* Der Spiegel muß schief hängen, denn Anika schaut unheimlich dünn aus. Anika schaut sich an. Die schäbigen Ringellocken beiderseits des Mittelscheitels stehen wie ein Riesenschnurrbart ab. Die übrigen Haare hat der Wind zu zackigen Strähnen geklebt. Zwischen den Strähnen schauen Anikas Ohren hervor. Die Ohren sind groß und an den Rändern vom Wind rot gefärbt. Anikas Hose ist um zwei Fingerbreit zu kurz und um eine Handbreit zu eng. Die Absätze der Schuhe sind schiefgetreten. An einem Absatz hängt der Lederüberzug weg. Anikas Jacke war voriges Jahr modern. Jetzt tragen nur mehr die letzten Menschen so was. Anika holt den halben Kamm aus der Jackentasche. Dem halben Kamm fehlen drei Zähne. Anika kämmt Haare über die Ohren, zerrt am ringellockigen Schnurrbart. Der Kamm bleibt im Schnurrbart stecken. Der vierte Zahn bricht ab.
»Arschhaare«, murmelt Anika, »Arschnaturkrause, Arschringellocken!« Anika striegelt den Schnurrbart, reißt sich etliche Haare aus. Nun steht der Schnurrbart ungeringelt, steif, glatt vom Kopf weg.
In einer Hosentasche sollten zwei Haarklammern sein. Weil die Hose um eine Handbreit zu eng ist, ist es schwer, bis zum Grund der Hosentaschen zu greifen. Anika findet

nur eine Haarklammer. Eine Haarklammer nützt nichts. Verändert den Schnurrbart nur einseitig. Anika zieht sich einen Seitenscheitel. Im Spiegel sieht Anika eine Frau, die hinter ihr steht. Die Frau beobachtet Anika und grinst dabei. Die Frau hat keinen Schnurrbart, die Frau hat einen guten Friseur. Anika steckt dem Spiegel, der Frau, die Zunge heraus. Die Frau dreht sich um. Wahrscheinlich grinst sie jetzt noch blöder.
Der Schnurrbart, auf eine Seite zusammengeworfen, sträubt sich ratlos. Anika steckt ihn mit der Haarklammer am Kopf fest, kämmt Haare über die Klammer. Die Ohren mit den roten Rändern schauen schon wieder zwischen den Haaren hervor. Anika schüttelt den Kopf, schüttelt die Haare, damit die Ohren in Deckung gehen. Anika zerrt die Hose die Hüften abwärts, bis zwischen den Schuhen und den Hosenbeinen kein Stückchen Socken mehr zu sehen ist.
Anika starrt Anika wütend an. Gestern abend, im dreiteiligen Allibert betrachtet, war Anika hübsch. Ungeheuer hübsch sogar. Das war kein Irrtum. Sie hat genau hingesehen. Über zehn Minuten lang. Sie hat die Haare zur Seite gebürstet, hochgesteckt, Mittelscheitel gekämmt, Haare ins Gesicht fallen lassen, immer war sie hübsch gewesen, ungeheuer hübsch. Kann man in zwanzig Stunden häßlich werden? Hat sich der dreiteilige Allibert geirrt?
Anika geht aus der Passage, an der Frau mit dem guten Friseur vorbei. Die Frau grinst nicht mehr. Schaut jetzt einem Hund nach. Anika geht an einer Dicken vorbei. Die Dicke ist nicht älter als Anika. Die Dicke schaut nicht einmal in einem dreiteiligen Allibert hübsch aus, garantiert nicht, denkt Anika. Schöner als du bin ich auf alle Fälle! Die Dicke blinzelt, wird rot, dreht sich um. Die kann Gedanken lesen, denkt Anika.
Jetzt regnet es richtig. Anika geht trotzdem langsam.

Durch die Jacke, die keine Novemberjacke ist, bläst der Wind. Und an den Schultern sind dunkle Regenflecken. Anika steckt die Hände in die Jackentaschen. Hinter ihr ruft jemand: »Anika – Ani – Ani!« Ruft sehr laut, brüllt: »Anika – Ani – Ani!« Ununterbrochen: »Anika – Ani – Ani!«

Anika bleibt nicht stehen. Sie kennt die Stimme. Die Stimme gehört dem Xandi. Der Xandi wohnt neben Anika, er ist genauso alt wie Anika, er ist um einen Kopf kleiner als Anika. In der Volksschule war sie mit dem Xandi in einer Klasse. Jetzt geht der Xandi in eine Schule, wo es kein Latein gibt.

Der Xandi hat Anika eingeholt.

»Ich hab einen Schirm«, sagt er und hält ein rosa Monstrum mit violettem Blumenmuster über Anikas Kopf.

»Wo gehst denn hin?« fragt er. »Ich geh um die Milch.«

»Ins Kaffeehaus«, sagt Anika.

Der Xandi fragt, in welches Kaffeehaus Anika geht. Der Xandi ist ein Idiot, weiß überhaupt nichts, kennt nicht einmal das Kaffeehaus. Wer, außer dem Xandi, rennt denn sonst noch mit einem rosa Schirm und einer Strohtasche durch die Gegend? Und dazu noch um die Milch? Milchholen ist Lindwurmarbeit!

Zum Geburtstag, sagt der Xandi, hat er drei neue Platten bekommen. Er zählt den letzten Mist auf. Fehlt noch der Peter Alexander, dann ist die Schmalzoper komplett!

Zum Kaffeehaus muß man jetzt nach links abbiegen, zum Supermarkt, zur Milch, muß man jetzt nach rechts abbiegen.

»Ich geh mit dir, sonst wirst du naß!« sagt der Xandi.

Der Xandi selber ist schon ganz naß. Das Schirmdach ist viel zu hoch oben für ihn. An der nächsten Ecke ist das Kaffeehaus. Einer in einem schwarzen Dufflecoat rennt gerade über die Straße. Er hat die Kapuze auf dem Kopf. So rennt der Wolfgang. Die anderen stehen noch im

Schultor. Der Herbert legt sich die Schultasche auf den Kopf. Der dicke Otto hat einen dottergelben Anorak. Der Stemberger hat den Arm auf Irenes Schulter. Die kleine Irmi steht daneben.

»Servus, danke schön, Xandi«, sagt Anika.

»Ich geh mit dir bis zur Tür«, sagt der Xandi.

»Nein danke, es reicht schon, Xandi!«

Der Xandi geht trotzdem mit.

Der dottergelbe Otto, der Stemberger, die Irmi, die Irene rennen über die Straße. Dahinter der Herbert. Die Schultasche schaukelt auf seinem Kopf.

»Servus, Xandi«, sagt Anika noch einmal.

Der Xandi ist stur, kapiert nichts, sagt galant: »Bis zur Kaffeehaustür!«

Anika fängt zu laufen an, das rosa Dach mit den violetten Blumen bleibt über ihr.

»Was rennst denn so?« keucht der Xandi.

Anika gibt keine Antwort, tut als sei der Xandi samt rosa Dach und Strohtasche gar nicht vorhanden.

Die Kaffeehausmannschaft hat die Kaffeehaustür erreicht. Der Herbert lehnt in der offenen Tür, die Schultasche hat er noch immer auf dem Kopf. Er zeigt die Gasse hinunter, auf Anika. Die anderen schauen seiner Hand nach, glotzen zuerst, kichern dann. Der Otto wiehert, wenn er kichert, wie ein sehr altes Pferd.

Anika macht sehr große, sehr schnelle Schritte. Der kleine Xanderl kommt nicht mehr mit, bleibt einen Schritt zurück, aber das Schirmdach hängt mit einer Metallspitze in Anikas Haaren. Anika reißt sich los. Endlich kapiert der Xandi, daß er nicht mehr erwünscht ist.

»Dann servus«, sagt er.

Anika hört es nicht mehr, sie ist schon bei der Kaffeehaustür.

»Wo hast denn den Gartenzwerg aufgetrieben?« fragt der Herbert.

»Eine Nummer kleiner, und er wär unsichtbar«, sagt der dicke Otto.
»Ein Depp aus unserem Haus, rennt immer hinter mir her«, sagt Anika schnell.
»Rein in die gute Stube, es zieht!« schreit der Stemberger.
Der Xandi steht noch immer genau an der Stelle, an der ihn Anika abgehängt hat, hält das Monstrum aus rosa Seide neben sich hoch, schaut zur Kaffeehaustür, die Strohtasche baumelt.
»Der Gartenzwerg schlägt Wurzeln«, wiehert der dicke Otto. Die Irene drängt ihn ins Kaffeehaus hinein.
»Schön blöd könnt ihr sein«, sagt die Irene und hängt ihren Mantel an den Kleiderständer, »da ist ein normaler Bub mit einem normalen Schirm und einer normalen Einkaufstasche, und ihr kreischt wie die Hyänen!«
Anika hängt die nasse Jacke über eine Sessellehne. Normaler Bub, normaler Schirm, normale Einkaufstasche, denkt Anika. Denkt, warum hab ich das nicht selber gesagt? Anika denkt an eine Anika, die so etwas sagen kann. Anika würde gern so eine Anika sein.

# Kaffeehausstunde – Erinnerungsstunde

»Let's make a game!« schreit der dicke Otto und läßt sich auf einen Sessel fallen. Der Sessel kracht, der Ober schaut rügend. Der Ober steht neben dem Tisch, in der Nische, klopft mit der Fußspitze, Fußspitze im spitzen, schwarzen Schuh, einen ungeduldigen Dreivierteltakt. Der Ober würde lieber andere Gäste haben. Ruhige ältere Herren, die Zeitung lesen, doppelte Weinbrände trinken und ordentlich Trinkgeld auf der Marmortischplatte lassen.
»Nikl, die Karten«, ruft der Stemberger.
Die Karten sind in einer Holzschachtel, neben der Espressomaschine, auf der Theke. Anika setzt sich zwischen den Herbert und den Wolfgang. »Hol du die Karten«, sagt sie zum Stemberger.
»Nikl, sei ein Goldkind«, raunzt der Stemberger, »die Opas haben sich halbtot stenografiert!«
Anika steht auf, geht zur Espressomaschine, holt das verdreckte Kartenpaket aus der Holzschachtel. Die Karten sind mit einem Gummiringerl zusammengehalten. Anika läßt das Gummiringerl schnalzen, bleibt an der Theke stehen, schaut interessiert auf die dicken, fettigen Kartenränder, weil der Ober gerade beim Tisch in der Nische die Bestellungen aufnimmt. Colazitron, Tee-mit, ein Himbeerfrappé, zwei Apfelstrudel, Eiskaffee, Wermut-Soda. Das Himbeerfrappé hat der Wolfgang bestellt. Vielleicht vergißt der Ober auf Anika, dann muß sie keinen Braunen trinken.
Der Ober vergißt nicht, wedelt zu Anika. »Und Sie?«
»Einen kleinen Braunen.« Anika geht am großen Spiegel vorbei zur Nische. Die Ohren schauen schon wieder zwischen den Haaren hervor, und zwischen den engen Jeans und dem verwaschen-zerwaschen-dünn-und-breitgewaschenen T-shirt sieht Anika im Spiegel ein Stück

Bauch. Schöner glatter Bauch ohne Speck. Brauner Bauch. Letzter Rest vom jugoslawischen Sommer. Anika hebt die Schultern. Das nackte Stück Bauch wird größer.
»Nikl, die Karten!« ruft der Herbert.
Anika geht mit hochgezogenen Schultern zum Tisch.
»Na, Dummbauchi?« Der Stemberger klatscht mit der flachen Hand auf das nackte braune Bauchstück. Auf dem Sessel, zwischen dem Wolfgang und dem Herbert, hockt die Irmi.
»Da bin ich gesessen, das ist mein Sitz!« Anika rüttelt an der Sessellehne. Die Irmi schaut empört.
»Hock dich hierher und grein nicht!« Der Otto zeigt auf den leeren Sessel neben dem Stemberger. Anika rüttelt noch immer an der Sessellehne.
»Ich gebe!« Der Wolfgang teilt die Karten aus. Jedem zwei Stück. Anikas Karten wirft er zum freien Platz neben dem Stemberger. Das ist ein Urteilsspruch, Anika nimmt das Urteil an.
Anika hat einen Buben und einen König, verlangt noch eine Karte, kriegt einen Zehner. Der Wolfgang redet leise mit der Irmi, die Irmi lächelt.
»Noch eine Karte!« verlangt Anika, kriegt einen Herzzehner, schmeißt die Karten hin. »Zuviel«, sagt sie.
Die Irmi hat auch verloren. Der Otto hat genau einundzwanzig. Er übernimmt die nächste Runde.
»Ohne Geld ist Hasardspielen blöd«, sagt der Stemberger, »ein Witz!«
Der Otto erzählt von einem, der bei ihm in der Gasse wohnt, der hat sich angeblich mit »Siebzehn und vier« ein Vermögen verdient. Jetzt hat er vier Hotels, in denen »Siebzehn und vier« verboten ist.
Anika verliert dauernd. Gewinnt kein einziges Mal.
»Du paßt ja gar nicht auf«, sagt der Herbert. »Du schaust ja nicht einmal die Karten an!«
»Kann doch dir egal sein.«

Anika schaut über den Herzzehner und den Pikbuben hinweg zum Wolfgang. Sie findet den Wolfgang schön, unheimlich schön. Edel schaut er aus, und einsam schaut er auch aus. Und da kann er noch so viel flüstern und kichern und grinsen.
»Noch eine«, verlangt Anika, kriegt vom Herbert einen Treffsiebener und versucht stumm, den Satz zu formulieren, der, weit entfernt von Loreroman und Fernsehvorabendprogramm, eindeutig definieren soll, warum gerade sie den Wolfgang so gut kennt, so genau Bescheid weiß. Möglich, daß die anderen mehr Details vom Wolfgang kennen, Dinge eben, die man erfährt, wenn man sieben Stunden täglich miteinander in der Klasse hockt, am Abend miteinander ins Kino geht. Aber das ist alles Umgebung, Ausstattung, klitzekleine Kleinigkeit, kein wirklicher Wolfgang.
Anika hingegen ist im vergangenen Sommer eine Stunde lang neben dem Wolfgang im Schwimmbad auf der Pritsche gelegen. Das war eine andere Stunde. Das war eine wirkliche Stunde. Die Sonne war nicht heißer als sonst. Die Pritsche genauso hart wie immer. Rundherum war alles laut, und aus den Lautsprechern kreischte »Unser Bäderkonzert«. Sie sind dicht nebeneinander gelegen, auf dem Rücken. Anika hatte Schwierigkeiten mit ihrem BH. Der BH, wenn Anika auf dem Rücken lag, bedeckte das zu Bedeckende nicht. Die Brustwarzen krochen seitwärts, außen, hervor. Kleine, hellbraune Brustwarzen. Fast rosa. »Schlupfwarzen« nannte sie die Mutter und behauptete, daß sie zum Stillen nicht gut geeignet seien. Die Mutter sprach gern über solche Sachen, dozierte genüßlich über Schwangerschaft und Erbrechen, Stillen, den Geburtsleideakt: gewöhnliche Wehen, Preßwehen, zu großer Kopf, aufgeschnitten-eingerissen, immer als Abschluß: Wenn-das-die-Männer-aushalten-müßten-gäbs-keine-Kinder-mehr!

Anika, in der anderen, wirklichen Stunde, lag dicht neben dem Wolfgang auf der Pritsche, stopfte die Schlupfwarzen unermüdlich zurück in den feuchten, dampfenden BH, ließ es dann bleiben und schloß die Augen. Die anderen waren beim Tischtennis. Nur der dicke Otto spielte nicht Pingpong, lag neben der Pritsche im Gras, Kopf am abgewetzten, flachgetretenen Boden, und tat schläfrig kund, was unter den Pritschen zu sehen war. Zählte vier Eisbecher und sieben Eislöffel, Stanniolkugeln en masse und alte Brote, machte auch etliche Witze, beanspruchte aber keinen Lacherfolg. Wußte, daß er nicht sehr anwesend war für Anika und Wolfgang.
Auf Anikas Arm waren Wolfgangs Finger. Die Finger lagen nicht still, sie strichen über die Haut. Die Finger waren sonnenheiß, Anikas Haut war sonnenheiß. Die kleinen hellbraunen Haare auf Anikas Arm spürten Wolfgangs Finger, schon bevor sie gestreichelt wurden. Sie standen aufrecht und warteten. Warteten voll Sehnsucht, aber sehr geduldig, bis die warmen Finger kamen und sie wieder glattstrichen. Und dann war da noch Wolfgangs Nase. Glatte, braune, heiße Nase, die an Anikas Schulter lag, knapp über der unbedeckten Schlupfwarze. Die heiße Nase blies heiße Luft auf Anikas Haut, kitzelte. Im übrigen war die Schlupfwarze überhaupt keine mehr.
Dann rupfte der Otto vier Grashalme aus und steckte sie zwischen Anikas Zehen, Anika zog die Beine an und schüttelte die Grashalme ab, zog auch wieder den feuchten BH über die Brust. Der Wolfgang drehte sich auf den Bauch. Die anderen kamen vom Pingpong.

Anika starrt auf die drei Karten in ihrer Hand. Starrt auf den Karokönig und formuliert: Sehnsucht!
Anika legt die drei Karten weg, hat schon wieder verloren und streicht »Sehnsucht«, will keine Sehnsucht haben.

Denkt: Jedenfalls zieht es im Bauch, im Magen, wenn ich den Wolfgang anschaue. Und traurig werde ich auch. Anika streicht alles Gedachte durch.

Seit dem Sommer, seit dem Bad, seit der Pritsche, sind drei Monate vergangen. Die Stunde war bisher nicht wiederholbar gewesen. Nach dem Bad, am Abend im Bett, damals im Sommer, war Anika ganz sicher gewesen, daß es ab jetzt viele solche Stunden geben würde: Wolfgangstunden, Streichelstunden.
Bis zum Schulanfang war damals noch eine Woche, eine Woche mit Regen. Daß der Wolfgang da nicht ins Bad kam, war klar – obwohl Anika trotzdem jeden Tag im Bad war. Daß er sie zu Hause nicht anrief, ließ sich auch erklären. Anika wartete auf den ersten Schultag.
Am ersten Schultag, ihr Platz – wie immer – neben Rolli Huber. Kothbauer, Fidi, Erika, Zwergpudel, Vonsi, Meier. Urlaube von Tirol bis Mexiko. Ein Gerücht, daß der Wurm eventuell Klassenvorstand werden soll, weil der Geschichtsmann versetzt worden ist. Darüber Schreckensschreie und Gekreisch und Ankündigung von Protestaktionen. Der Meier drosch dem Todfeind Huber eins mit der Tafelreißschiene über den Schädel, und Anika ging das alles gar nichts an. Sie war ganz langsam über die Treppe heraufgekommen und bei der Treppe noch eine ziemlich lange Zeit stehengeblieben. Sie hatte sogar mit einer Idiotin aus der zweiten Klasse ein Gespräch angefangen; doch der Wolfgang war nirgends zu sehen gewesen.
Die Siebente war im dritten Stock. Die Vierte war im zweiten Stock. Anika wollte in den dritten Stock hinauf. Am ersten Schultag dauerte es immer sehr lange, bis die Lehrer in die Klassen kamen, sich vom Lehrerzimmer losreißen konnten. Auch dort Urlaube von Tirol bis Mexiko.

Anika rannte den Gang entlang, die Treppe hinauf, auch der dritte Stock war noch lehrerfrei. Vor der Tür von der Siebenten lehnte der dicke Otto und sagte zum Herbert, daß er unheimliche Lust auf eine Zigarette hätte. Als er Anika sah, sagte er: »Schmatz, Mausi!« und schmatzte dazu. Anika blieb stehen, schaute sich um, tat, als suche sie jemand, fragte, ob der Otto vielleicht den Professor Führlinger gesehen habe. Hatte der Otto nicht. Anika zögerte, tat, als müßte sie über den Aufenthaltsort vom Professor Führlinger nachdenken und schaute in die Siebente hinein. Der Wolfgang stand mit dem Stemberger und der Irene beim Lehrertisch. Der Wolfgang hatte eine neue schwarze Lederjacke an, aus ganz dünnem feinem Leder. Der Wolfgang schaute zur Tür und rief: »Otto, hast gehört, der Mandl hat einen Mopedunfall gehabt!« Der Otto rief zurück, daß er das schon längst gehört habe, und daß der Arzt und die Eltern befürchteten, daß der Mandl unter Umständen demnächst blöd werden könne, weil ein Stück von seinem Hirn vertrocknet sei.
»Spinnst?« rief der Wolfgang, und die Irene sagte, der Otto sollte Zeitungsreporter werden. Der Otto ging ins Klassenzimmer hinein, machte ein ernstes Gesicht, beteuerte: »Ohne Schmäh!« und: »Ehrenwort, Knaben, ohne Schmäh!« und begann, dem Mandl sein Hirn medizinisch zu erklären.
Anika stand noch immer in der Klassentür. Der Wolfgang hatte sie nicht einmal angeschaut. Auch nicht weggeschaut. Anika drehte sich um, ging die Treppe wieder hinunter. Sie verstand es nicht. Sie konnte es einfach nicht begreifen, aber sie meinte, es wird sich ändern, sie meinte, es muß sich ändern, weil es so nicht bleiben konnte.

Seither hat sich tatsächlich etliches geändert. Der dicke Otto ist hilfreich. Redet gleich mit ihr, sooft sie in der großen Pause in den dritten Stock hinaufgeht. Der

Stemberger hat sogar eine Vorliebe für sie entwickelt, und die Irene ist immer zu allen freundlich. Nikl kann in der großen Pause in der Siebenten sitzen, Nikl kann ins Kaffeehaus mitgehen und »Siebzehn und vier« mitspielen, Nikl gehört jetzt schon irgendwie dazu.
»Sie ist bei der Clique aus der Siebenten«, sagt die Kothbauer anerkennend. Der Kothbauer imponiert so etwas. Die Kothbauer teilt auch jedem mit: »Der Stemberger ist total in die Nikl verschossen!« Anika grinst, wenn die Kothbauer so etwas sagt. Den Wolfgang erwähnt die Kothbauer gar nicht. Und Anika ist froh, daß die Kothbauer den Wolfgang nie erwähnt.

Anika hat genug vom Kartenspielen und vom Verlieren.
»Ohne mich«, sagt sie bei der nächsten Runde.
Der kleine Braune ist bitter. Der Wolfgang kratzt mit dem Löffel Himbeerfrappéreste aus dem Glas und füttert damit die Irmi. Der Stemberger will am Abend ins Kino gehen. *Der große Blonde mit den roten Haaren.*
»Jugendfrei ab vierzehn, Honeymoon«, sagt er und zwickt Anika in das nackte Bauchstück. Die Irmi ist ganz versessen auf den großen Blonden, der Otto weiß noch nicht, ob er gehen kann. Er muß erst sehen, ob er seiner Alten einen Fünfzigerschmaus herausreißen kann, sagt er. Er hat die dreizehn Schilling vergessen, denkt Anika.
»Nikl, gehst auch mit ins Kino?« fragt der Stemberger.
»In die hintere Loge«, kichert der Herbert.
Anika sagt, sie muß noch zwei Matheaufgaben machen. Die für vorgestern und die für morgen.
»Dann geh mit Gott, liebe Tochter«, nuschelt der Stemberger mit Religionslehrerstimme, und als er sieht, daß Anika in der Jackentasche nach Geld gräbt, winkt er ab.
»Laß nur, Dummbauchi«, sagt er, »das erledig ich schon.«

Anika zieht die feuchte Jacke an. Die Irmi bekommt gerade wieder ein Löffelchen voll Himbeerfrappé. Sie schleckt das rosa Zeug vom Löffel, knapp vor Irmis Mund ist Wolfgangs Zeigefinger. Die Irmi beißt den Wolfgang in den Zeigefinger. Sie beißt nicht richtig. Sie knabbert daran.
»He, Nikl, bis sauer, oder was?« Der dicke Otto schaut Anika besorgt an.
»Überhaupt nicht«, sagt Anika. »Tschüss allerseits«, sagt Anika und geht zur Tür.

Daß der Wolfgang die Stunde im Bad einfach vergessen hat, ist eine Möglichkeit, an die Anika nicht glauben mag. Daß er nicht vergessen hat und ihm das alles gleichgültig ist, ist auch nicht zu glauben. Es muß ganz anders sein. Verwirrter, verwickelter, aber schöner.

Draußen regnet es noch immer. Dunkel ist es auch schon. Anika geht schnell. Sie hat beschlossen, daß der Stemberger schuld ist! Weil er sich immer so aufdrängt. Weil er für sie bezahlt. Weil er sie in den Bauch zwickt. Weil er ihr auf den Hintern klatscht.
Die Kothbauer sagt das ja auch!
Nächstes Mal, denkt Anika, bezahl ich aber garantiert selber, und wenn er mich in den Bauch zwickt, dann hau ich ihm eine runter, und wenn er mir auf den Hintern klatscht, dann sag ich ganz laut: »Trottel, laß mich in Ruh!« Und in den Pausen red ich mit ihm überhaupt nichts mehr. Dann wird der Wolfgang schon begreifen, daß zwischen dem Stemberger und mir nichts, aber rein gar nichts ist!

# Aufklärungsstunde

Anika hat den Wohnungsschlüssel vergessen, steht vor der frisch- und weißlackierten Wohnungstür mit den drei Schlössern und dem Spion in Augenhöhe und dem Messingschild – sidolgeputztblankgeribbelt – und will nicht klingeln, weil es ungewiß ist, ob ein Lindwurm oder eine Mater dolorosa die Tür aufmachen wird.

Vielleicht aber macht der Ede auf. Der Ede ist Anikas Vater. Anika klingelt. Seit einem Jahr liegt im Vorzimmer ein roter Teppichboden. Seither kann man nicht mehr hören, ob Mutterfüße oder Edefüße zur Tür kommen.

Diesmal sind es Mutterfüße, und sie stecken erstaunlicherweise in fliederfarbenen Lammfellpatschen. Oben Mutter, unten lila Donald Duck. Die Fliederfarbenen waren vor zwei Stunden noch nicht vorhanden.

»Ich hab den Schlüssel vergessen«, sagt Anika.

»Ich hab es gemerkt«, sagt die Mutter. Keine Mater dolorosa, kein Lindwurm, eine Mutter. Der Zustand sollte aufrechterhalten werden.

»Ich hab geglaubt, ich hab ihn in der Jackentasche, und dabei muß er in der Schultasche sein.«

»Er ist in der Manteltasche«, sagt die Mutter. Also hat sie wieder einmal die Manteltaschen durchsucht. Schwamm drüber! Keinen neuen Streit anfangen! Und wo hat sie die fliederfarbenen Hufe her?

»Ist der Ede schon zuhause?« fragt Anika.

»Er duscht sich«, sagt die Mutter und wandert – im Seemannsgang, damit die Hufe nicht aneinander scheuern – zur Küche.

Anika geht ins Badezimmer, dort dampft es. Der Ede steht unter der Dusche, hat die Augen zugekniffen, den Mund offen, stöhnt. Ede stöhnt immer beim Duschen. Anika bleibt in der Tür stehen, weil die Brause spritzt.

»Raus oder rein«, schreit der Ede, »es zieht!«
Der Ede fürchtet sich vor Zug, er hat ein empfindliches Kreuz. Anika geht ins Badezimmer hinein und macht die Tür zu.
»Tag Ede«, sagt sie. Ede grunzt, hält mit einer Hand die Brause, mit der anderen reibt er Seifenschaum in den Bauch. Wenn der Ede einen Anzug anhat, dann merkt man gar nicht, wie riesengroß sein Bauch ist.
»Ede, du bist fett!« sagt Anika.
»Bierbauch«, erklärt der Ede und klatscht sich auf den Bierbauch. »Ab übermorgen trink ich zum Nachtmahl nur mehr Mineralwasser, kannst einsetzen drauf!«
Das seifige, schäumende Wasser rinnt über Edes Bauch, spielt Wasserfall, platscht auf Edes Hammerzehen.
»Ede«, sagt Anika, »Ede, du kannst glatt ohne Badehose ins Schwimmbad gehen, dein Bauch deckt alles zu!«
»Verschwind«, schreit Ede, und dann sagt er, sein Bauch deckt nicht alles zu, das kommt vom Wasser, im Wasser ziehen sich die Geschlechtsteile zusammen.
»Und übrigens«, sagt der Ede und steigt aus der Badewanne und wackelt auf einem Bein, »und übrigens hat deine Mutter heute Geburtstag, den du doch hoffentlich nicht vergessen hast!«
Das ist die Erklärung für die Fliederhufe! Ede, denkt Anika, hat seine Frau garantiert schon jahrelang nicht mehr genau angeschaut, sonst müßte er doch gemerkt haben, daß die Fliederpatschen nichts für seine Frau sind.
»Ich hab kein Geld gehabt, ich hab nichts kaufen können, ich hab nur zehn Schilling gehabt, um zehn Schilling kriegst nix!« sagt Anika.
»Hättest mir doch sagen können! Hätt ich was herausgerückt. Hättest mir überhaupt sagen können, daß sie Geburtstag hat. Mir ist es nämlich erst um fünf Uhr eingefallen, auf dem Heimweg!«
Das ist die echte Erklärung für die Fliederhufe! Ist er

einfach in den nächsten Laden und hat den nächsten Blödsinn geschnappt!
Der Ede verkleidet sich als schweinsrosa Frotteerömer.
»Verdammt«, fährt der Ede fort, »ich muß was haben, immer wenn ich dusch, schwitz ich nachher so, das ist nicht normal, so schwitzt kein Schwein!«
»Badekrebs«, sagt Anika und reicht dem Ede den Bademantel. Der Ede läßt das schweinsrosa Badetuch fallen, schlüpft in den Bademantel. Anika hebt das Badetuch vom Boden auf und schaut dabei nach Edes Geschlechtsteilen aus; ob die Wasserwirkung schon nachgelassen hat. Hat sie nicht.
»Ani, du verunsicherst mich!« murmelt der Ede und schließt hurtig den Bademantel.
»Weil du nicht normal, sondern gehemmt bist«, sagt Anika. »Das kannst in jedem Kleinkinder-Aufklärungsbuch lesen, daß die Eltern vor den Kindern nackt herumgehen sollen, damit die Kinder merken, daß das nichts Böses ist. Damit die Kinder eine gesunde Einstellung kriegen!«
Der Ede sagt, daß er es schon hundertmal gelesen hat, aber wenn einer gehemmt ist, dann ist er eben gehemmt, da nützt das Lesen nichts, da könnt er höchstens hingehen und seine uralte Mutter deswegen schimpfen, weil sie ihn so erzogen hat. Aber die würd das nicht verstehen, und nützen wird es ihm auch nicht. Und im übrigen, sagt der Ede, tut er sowieso sein Äußerstes und läßt sich beglotzen von Anika. Ob ihm das angenehm ist, geht sie ja nichts an. Und dann, sagt der Ede langsam und sinnend, weiß er ja eigentlich überhaupt nicht genau, ob er sich wegen dem Bimmel oder wegen seinem Fettbauch geniert.
»Ach, Ede«, sagt Anika, »gemessen an dem, was so andere Leute als Väter haben, bist du ja noch ein ziemlich gutes Stück.«
Der Ede schnauft und erklärt, er will, wenn es um seine

Körperlichkeit geht, nicht als Vater gemessen werden. Der Ede tupft Schweißperlen von der Stirn und von der Nase und vom Kinn und erklärt Anika, daß ein männlicher Mensch mit achtunddreißig Jahren ein relativ junger Mensch ist.
»Relativ«, sagt Anika.
»Immer ist alles relativ«, sagt der Ede. Und dann jammert er, daß es ihm unangenehm ist, daß Anika kein Geburtstagsgeschenk für die Mutter hat. »Das wird den Abend verderben«, jammert Ede, und er hat ein Recht auf einen friedlichen Abend, behauptet er. Der Ede schneidet Gesichter. Er massiert gerade Haarwasser gegen Schuppenbildung und Haarausfall in die Kopfhaut ein.
»Hast Angst, daß du eine Glatzen kriegst?« erkundigt sich Anika. Der Ede sagt, jetzt soll sie aber wirklich verschwinden.
Anika geht aus dem Badezimmer. Was hätt ich ihr denn überhaupt schenken können, denkt Anika. Mit dem bissl Geld, das auf dem Sparbuch ist.
Die Mater dolorosa würde antworten: »Es geht doch nicht um den Wert, es geht um die Aufmerksamkeit. Daß man weiß, es denkt jemand an einen!«
Der Lindwurm würde antworten: »Spar mehr! Dann hättest mehr! Mich fragt ja auch keiner, wo ich immer Geld für Geschenke hernehme. Ich hab noch nie auf einen Geburtstag vergessen!«
Anika steht in der Küchentür. Die Mutter lehnt am Gasherd, rührt in einem Topf und schaut dabei auf den Sekundenzeiger der Küchenuhr, weil im Kochrezept steht, daß man drei Minuten wallend kochen lassen muß. Na, bringen wir's hinter uns, denkt Anika und sagt: »Du, Süßerchen, also, ich hab nichts für dich zum Geburtstag. Ich hab komplett vergessen!«
»Macht doch nichts«, sagt die Mutter. Anika hört genau hin, ob die Mutterstimme leidend klingt oder wütend oder

traurig. Die Mutterstimme ist normal. Mit der Frau soll sich einer auskennen! Voriges Jahr hat der Ede auf ihren Namenstag vergessen, und ein Namenstag ist ja schließlich viel weniger als ein Geburtstag, und da hat die Frau einen Weinkrampf bekommen. Und wegen einem Zehner haut sie hin, und jetzt sagt sie mit total normaler Stimme: Macht doch nichts!
»Bist du auch ganz sicher nicht böse, Süßerchen?« fragt Anika.
Die Mutter erklärt, sie ist ganz sicher nicht böse, und in ihrem Alter feiert man ohnehin nicht mehr sehr gerne Geburtstag. Das klingt echt. Das ist kein Theater. Wie alt ist sie denn eigentlich, das Süßerchen? Anika rechnet nach. Vierunddreißig, denkt Anika. Die Loren ist garantiert älter, viel älter! Anika schaut die Mutter an. Die Mutter tut ihr leid.
»Bist ja noch gar nicht so alt«, sagt Anika, »wirklich nicht!« Fromme Lüge als Geburtstagsgeschenk. »Andere Mütter schauen dreimal so alt wie du aus!« Die Mutter freut sich.

# Rotweinstunde

Der frischgebadete Vater – beim Nachtmahl – schwitzt noch immer, ißt und schwitzt und wischt Schweiß und trinkt. Pommes-frites-Geruch hängt in der Wohnung, und die wallend zu kochende Soße dürfte entschieden zu lange gewallt haben. Ede trinkt Wein pur, die Mutter mischt mit Sodawasser. Väterchen prostet Mütterchen zu, Mütterchen prostet zurück. Anika dürfte auch Wein haben, Mütterchengeburtstag hebt Alkoholverbot auf. Anika trinkt keinen Wein, trinkt Orange-bitter.

Halbleergegessene Teller, aufeinandergestapelt, ans nicht besetzte Tischende geschoben, Schüsseln dazwischen, in denen Salatblätter ersaufen, letztes Pommes-frites schwimmt einsam im Abtropffett, rote Preiselbeersoße vereinigt sich mit betongrauer Bratensoße.

Väterchen lächelt Mütterchen zu, gelächelt kann werden. Anika sieht Hilfloses in den Blicken. Geredet soll werden. Wer redet? Wer redet was? Zu reden wäre, daß der Meier aus dem ersten Stock in hohem Alter den Mumps gekriegt hat und die Berger neue Küchenmöbel. Daß der Hawranel einen Halbtagsjob angenommen hat und die Tante Helli einen Verdacht auf Zucker im Blut hat, während der Binder schon wieder im Krankenstand ist – diesmal aber ernsthaft –, und der Schneider eine neue Geliebte hat, und die Kuh von einer Sekretärin von Ede doch glatt weg den Bausparvertrag gekündigt hat; nur damit sie dem Schnösel ein Auto kaufen kann.

Das sind aber keine Geburtstagsgespräche. Also bleibt Ede stumm. Also bleibt Mütterchen stumm. Hilflosigkeit läßt Ede trinken. Er stöpselt schon die zweite Flasche auf. Bekommt den Blick davon. Den Blick, der überall hängen bleibt. Ede, auf dem Stuhl nach hinten überhängend, fragt: »Und was macht die Kothbauer?«

Na schön! Ede ist schon in Ordnung, und die Mutter hat auch nichts mehr vom Sparbuch und vom Geburtstagsgeschenk gesagt, ist also momentan auch in Ordnung. Na schön. Anika wird ihnen was von der Kothbauer erzählen, haben sie so gern. Und ist komisch genug für ein Geburtstagsgespräch. Sie können hübsch sitzenbleiben und den Mund halten. Anika wird die schönsten Geschichten von der Kothbauer erzählen: Die vom neuen Freund der Mutter, der in Wirklichkeit ganz gierig nach der Kothbauer ist und der die Mutter nur heiraten will, damit die Kothbauer in seiner Nähe ist. Die vom Räuber im Taxi, dem die Kothbauer eins mit dem Knüppel übergezogen hat, und die vom bisexuellen Freund natürlich auch, die ist die beste! Und daß der jetzt – das ist der letzte Stand der Dinge – eine Zwanzigjährige vom Land geschwängert hat, und was die Geschwängerte am Telefon zur Kothbauer gesagt hat.
Daß die Kothbauer vorgestern Anika einen Zettel zugesteckt hat, auf dem gestanden ist: Ich bin immer so allein, ich möchte deine Freundin werden!, wird Anika nicht erzählen. So was ist nicht gewünscht an Geburtstagen. Das würde Edes Gekicher verstopfen. Müßte die Mama »tragischtragisch« sagen, und dem Ede könnte es sogar einfallen, an Anikas gutes Herz zu appellieren. »Das war doch ein Hilferuf, Anika, merkst du das denn nicht? Ein echter SOS-Ruf, Anika!« Wenn der Ede mehr als eine Flasche Rötel getrunken hat, wird er sentimental. »Um die muß man sich doch kümmern, Anika, die braucht dich!« könnte er sagen. Angesäuselter Ede hält viel von seiner Tochter, verwechselt sie mit einer Caritasschwester, hält es für möglich, daß Anika, statt im Kaffeehaus zu sitzen, Kothbauern betreut und sich solange Lügen anhört, bis die Kothbauer genug vom Lügen hat und – Anikas Zuneigung gewiß – zur Ehrlichkeit übergeht.

Ede füllt die Gläser nach, und die Mama hat trotz beigegossenem Sodawasser auch schon einen sonderbaren Blick, und die Mama, ganz ohne vom SOS-Brief etwas zu wissen, sagt: »Da sitzen wir und lachen, und dabei ist das doch ein schrecklich armes Kind, diese Kothbauer!« Sagt: »Die Eltern sind geschieden, nicht?« Holt das einsam schwimmende Pommes-frites aus dem Öl, stopft es in den Mund, schaudert, spült Rotwein hinterher und schaut zufrieden. Sie hat sich ja schließlich nie scheiden lassen, sie hat keine Kothbauer erzeugt!
Anika berichtet jetzt vom Kothbauervater, der angeblich so reich und schön ist – hat ihn aber noch niemand zu Gesicht bekommen –, daß er sich vor Freundinnen nicht mehr erwehren kann, und während Anika erzählt, denkt sie an den Wolfgang, ans Kino, und ob die Irmi wirklich dort sein wird. Denkt, daß der Wolfgang Wange an Wange mit der Irmi sitzen wird, denkt, daß es auch nichts nützen würde, wenn sie im Kino wäre, sie käme garantiert zwischen den Otto und den Stemberger zu sitzen.
Die letzte, allerletzte Kothbauergeschichte ist zu Ende, die Mutter sagt, Anika soll ins Bett gehen, Anika geht gern, im Bett und ganz allein denkt es sich besser an den Wolfgang. Anika steht auf, Väterchen und Mütterchen schauen Anika gütig und lieb an. Anika bekommt plötzlich einen ungeheuer schnellen Pulsschlag, schaut zu Ede, schaut zur Mutter, zu Ede, zur Mutter, auf den Tisch, in den obersten halbleergegessenen Teller. Warum eigentlich nicht? Schließlich, wen soll man denn wirklich sonst fragen? Anika sagt in den Teller hinein: »Wenn ein Mädchen einen Burschen sehr mag und ganz genau weiß, der, den sie mag, der mag sie auch –«
Anika hebt den Blick vom Teller. Ede und die Mutter sitzen aufrecht, versuchen, nicht angesäuselt zu schauen, sind ja nicht blöd, merken doch, daß ihr allerliebstes Kind etwas Wichtiges sagen will.

Anika: »Aber es wird nichts draus!«
Ede und Mama: »Wieso?«
Anika (schulterzuckend): »Weil er sie eben nicht anschaut und weil er ...«
Die Mutter (unterbricht): »Wieso mag er sie denn dann, wenn er sie nicht anschaut?«
Anika (eifrig, voll Überzeugungskraft): »Er mag sie ganz sicher, also, das ist ganz sicher, im Sommer, im Bad ...«
Anika schweigt.
Ede sehr aufrecht, sehr langsam: »Also, bitte, im Sommer, bitteschön, das ist ja sehr lange her, wenn man jung ist. Soviel ich mich erinnere. Da könnte der junge Mann ja inzwischen seine Meinung geändert haben. So was kommt doch bei jungen Männern vor!«
»Nein, sicher nicht«, ruft Anika, »es war ja nichts, es hat sich ja nichts geändert, gar nichts ist passiert. Wenn nichts passiert, wenn sich nichts ändert, dann muß er sie doch noch immer mögen!« Anika schaut die Mutter an.
»Um das beurteilen zu können, müßte man mehr davon wissen!« Die Mutterstimme klingt ernst und rotweingetränkt.
Ede gießt Wein nach. Rotwein hilft Anika. Zwischen Väterchen und Mütterchen liegt ein weicher, sanfter Rotweinteppich. Verändert Väterchen und Mütterchen. Der Rotweinteppich ist zu begehen, macht leicht und locker und sprechbereit und ansprechbar.
Anika berichtet vom Sommer, vom Bad, vom Wolfgang, vom ersten Schultag, vom Kaffeehaus, von der Irmi. Väterchen und Mütterchen, hinter dem Rotwein, lauschen. Mütterchen schaut besorgt, versucht aber, ihrer Stimme einen heiteren Klang zu geben: »Ich, also, ich würde sagen, dieses Mädchen soll diesen Wolfgang überhaupt nicht mehr anschauen!« Dann wütend: »So ein Trottel, alle sind sie Trotteln, überhaupt in diesem Alter, diese Burschen wissen ja gar nichts, haben ja gar keine

Ahnung!« Und dann wieder mit heiterer Klangfarbe: »Mensch, Kind, Anika, es gibt doch hunderttausend andere! So einem blöden Schnösel muß man doch nicht nachweinen! Nichts wie vergessen soll das Mädchen den!«

»Sie mag aber nur ihn!« ruft Anika. »Wirklich nur ihn!«

Mütterchen weiß nichts mehr, schweigt.

Väterchenblick taucht aus Rotweintiefen – vom Grunde her – auf. Väterchen sagt: »Du, dieses Mädchen, sag, bist du das?«

Die Mutter schaut rügend auf Ede. Anika mag plötzlich, was selten vorkommt, Mütterchen mehr als Väterchen, sieht klar, daß der Ede betrunken ist, sagt zum betrunkenen Ede: »Na, du bist auch ein Blitzkneißer! Glaubst, ich red vom Pudel der alten Berger?«

Ede glotzt schuldbewußt. »Ein Jammer ist das!« murmelt Ede.

Die Mutter redet schnell, gackert fast: »Also, Ani, also, mein Gott, wie oft hat das jeder erlebt, früher, und beim ersten Mal, da ist das natürlich am schwersten auszuhalten!«

Murmelt Ede: »Was soll ihr das nutzen?«

Sagt Mutter: »Nichts! Ich hab nur gemeint!«

Murmelt Ede: »Immer meinen alle was und wissen nichts!«

Anika geht aus dem Wohnzimmer. Die Mutter und Ede schauen ihr nach, wie die entfernten Verwandten beim Freiberger Begräbnis die nächsten Anverwandten angeschaut haben. Bloß »meine herzlichste Anteilnahme« sagen sie nicht. Anika hört, während sie die Wohnzimmertür schließt, den Ede seufzen. Laut und traurig seufzt er.

Die Mutter hat Anikas Zimmer aufgeräumt und auch das Bett gemacht. Es ist besser, auf einem gespannten Leintuch zu liegen. Anika dreht kein Licht auf, zieht sich im Dunkeln aus, legt sich ins Bett. Der Disc-Jockey ist gut zu Anika, spielt einen Cohen, der Cohen ist gut zu Anika, hat Anika gern, singt *There are no letters in the mailbox anymore,* Anika hat Anika gern, Anika ist gut zu Anika, Anika greift Anikas Haut an, tut für Anika, was Wolfgang für Anika nicht tut. Anika ist glücklich mit Anika. Johnny Cash,*Nearer my god to thy,* hinten mit Chor dran. Nearer to Anika. Ganz bei Anika.

Und dann, wenn Anika schon längst schläft, wird Ede kommen, zwischen Anikas Bett und dem Radio stehen, wird Telonius Monk oder Miles Davis oder Sidney Bechet zuhören, denn Ede steht auf Jazz, und Jazz gibt's um Mitternacht. Ede wird zuhören, ungefähr eine oder zwei Minuten lang, bis Edes Frau an der Tür steht und flüstert, daß der Ede ins Bett kommen soll, weil er am Morgen sonst nicht aus dem Bett heraus kann. Dann wird der Ede das Radio abdrehen und ins Bett latschen und denken, daß er keine Minute lang tun darf, was ihm Spaß macht.

# Morgenstunde

In der Früh, im Badezimmer. Ede fast schlafend. Dicke, geschwollene Lider, marmorierte Augäpfel. Ede hält sich mit beiden Händen am Waschbeckenrand fest und glotzt in den dreiteiligen Allibert, murmelt: »Man hält überhaupt nichts mehr aus, war doch erst Mitternacht, gestern!« Ede gähnt sich an.
Die Mutter, in der Küche, hat zuviel Kaffee in die Filtermaschine getan. Der Kaffee geht über, rinnt schwarz den Glasbehälter entlang, zischt, stinkt. Die Mutter wischt mit einem rosa Lappen. Das Frühstück ist nicht so wichtig, aber der Ede soll sich beeilen. Das Badezimmer ist wichtig.
»Ede, beeil dich, rasier dich gefälligst woanders! Ab sieben gehört das Badezimmer mir!«
Ede, unwillig und vergrämt, räumt das Badezimmer, geht einen Spiegel suchen, der in der Nachbarschaft eine Steckdose hat.
Anika sperrt die Badezimmertür hinter sich zu. Anika sperrt die Badezimmertür immer zu. Anika mit der Kosmetikindustrie in geheimer Vorstandssitzung. Die Mutter ärgert sich über die versperrte Tür noch krank. Täglich fünfunddreißig Morgenminuten lang ist Anika im Badezimmer.
Elastische Binde über den Haaransatz, hellblauer Mandel-Sahne-Kleie-Schaum kreisförmig aufgetragen, genügend eingewirkt, wieder abgewaschen. Tonic mit Arnika für Anika, und die Zähne werden seit kurzem elektrisch geputzt. Zwei Brauenhaare links und eines rechts sind zuviel, müssen entfernt werden. Unten Intimspray, in der Mitte Schweißspray, oben Haarspray. Spraygeruch steigt Anika unangenehm in die Nase, kitzelt, Anika muß niesen. Irgendwas riecht nach staubigen Rosen.

Ein siennagrundiertes Gesicht mit silbernen Glanzlichtern von Mary Quant, und über die Augen und unter die Augen glänzendes Kongogrün, und an die Wimpern Nerzhaarspitzen in schwarzem Kleister, mit Hilfe eines Spiralgewindes aufgetragen. Beschlagener Allibert spiegelt Erfolg.
Ede klopft an die Tür, braucht ein Tröpfchen Rasierwasser. Ede grinst hämisch. Ede ist schon ausgeschlafen. Edes Grinsen bedeutet nichts. Ede hat nichts gegen frischlackierte Töchter. Edes Grinsen ist Männergrinsen bei Frauenangelegenheiten.
Und aus der Küche die Mutterstimme: »Ani, Ani, es ist ja schon fast halb!«

Anika stopft zwei Kilo Schulzeug wahllos in die Tasche ohne Henkel. Gebe Gott, daß das richtige drunter ist! Die Zirkelspitze verspießt sich zwischen beschriebenen Seiten, reißt eine Seite entzwei.
Die ungewaschene, unfrisierte Mutter händigt Anika eine Mandarine und ein Käsebrot aus.
»Tschau allerseits.« Anika nimmt die Tasche unter den Arm. Ede grunzt einen Gruß. Die Mutter fragt, wann Anika nach Hause kommen wird. Anika, schon in der offenen Tür, murmelt etwas, was halb zwei oder halb drei oder auch drei heißen könnte. Weil man nie weiß, was nach der Schule los ist.

Unten, an der Ecke der Hauptstraße, beim Stoffgeschäft, bleibt Anika stehen, lehnt die Schultasche an den Rollbalken, steckt die Hände in die Manteltaschen, wartet.
Der Rolli ist immer pünktlich. Der Rolli kommt von unten, aus dem Nebel. Der Rolli ist riesig groß, gelb-rot-schwarz kariert. Der Rolli ist als kanadischer Holzfäller verkleidet. Der Rolli hüpft beim Gehen. Schrittschritt-

wechselschritt. Das schaut auch lustig aus, wenn der Rolli gar nicht lustig ist.
Anika hebt die Tasche auf, geht in Richtung Schule. Rolli holt sie ein.
Rolli sagt: »He-i!«
Anika sagt: »He-i!«
Mehr ist nicht zu sagen. Wechselschritt neben Schleifschritt. Morgengram neben Morgengram. Gemeinsamer Schulweg seit acht Jahren. Rolli und Anika sind ein Schulwegehepaar. Schweigend nebeneinander alt geworden.
Bei der Kreuzung mit der Ampel, auf grün wartend, fragt der Rolli: »Hast das letzte Mathebeispiel, das blöde, das geht sich nämlich nicht aus?« Anika hat weder das letzte noch das erste Beispiel, und auch die Beispiele dazwischen hat sie nicht. Rolli gähnt.
Aus dem Nebel, energiesparend beleuchtet, taucht, wie ein uraltes Dampfschiff, das Schulhaus auf. Drei Stufen gehen zum Schultor hinauf. Ameisen auf den Schulstufen. Langer Ameisenstrom von beiden Seiten kommend, zum Schultor hin. Modische Ameisen, uniformierte Ameisen, yellow-rain-coat-troup in Überzahl, Jeansjacken im Aussterben, Jean-Harlow-Mädchencorps holt auf. Dazwischen Luxusfräuleins wie aus dem Journal, und das liegt nicht nur am Geld, die haben was Gewisses, was nicht Nachvollziehbares, und wieder dazwischen ein elitärer Einzelgänger mit blonder Innenrolle und Rabbinerhut, Altwarenhändlersakko und zu kurzer, zu enger Hose. Und sonst angeblich ein Genie aus der Achten. Angeblich ein reifer Denker, angeblich gebildeter als das vollbesetzte Lehrerzimmer. Jedenfalls Schulsprecher, jedenfalls Chefredakteur der Schülerzeitung, jedenfalls ein freundlicher Mensch.
Anika und Rolli reihen sich hinter dem Genie in den Ameisenstrom ein. Das Genie dreht sich um, sagt: »'nen

Morgen!« zu Rolli. Rolli sagt: »'nen Morgen, Sebastian!« zum Genie. Das Sebastiangenie sagt: »Heut um zwei!« Rolli nickt.
»Was ist denn heute um zwei?« fragt Anika.
»Redaktionskonferenz«, sagt der Rolli. Der Rolli ist der jüngste Redakteur der Schülerzeitung. Der Wolfgang ist auch irgendwas bei der Zeitung. Er macht den Sport. Oder er hilft beim Sport mit. Anika weiß das nicht so genau. Der Wolfgang nimmt die Schülerzeitung nicht so ernst wie der Rolli. Im Kaffeehaus redet er jedenfalls nie darüber, und wenn der Stemberger – der auch bei der Zeitung ist – davon reden will, dann mag der Wolfgang nicht.
Von der anderen Seite, im Ameisenstrom, weithin sichtbar und weithin und dröhnend hörbar, kommt der Stemberger. Kommt zwischen Glockenröcken und Puffärmeln und Plateausohlenstiefeln. Der Stemberger kommt gern zwischen Mädchen.
»Der Stemberger«, sagt der Rolli.
»Na und?« sagt Anika.
Der Rolli zögert, schaut Anika an. Das Sebastiangenie hat sich wieder umgedreht, redet mit jemand anderem.
»Sie sagen, du gehst mit ihm!«
»Ich?« Anika tut erstaunt, dann empört: »Wer sagt das?«
Der Rolli zuckt mit den Schultern: »Alle sagen es!«
»Wer sind alle?«
Der Rolli will keine Antwort geben.
»Wer sind alle?« beharrt Anika. »Die Kothbauer sind nicht alle! Nur die Kothbauer redet einen solchen Blödsinn! Die sagt doch immer so blöde Sachen!«
»Es stimmt also nicht?« Der Rolli bleibt stehen, schaut merkwürdig, schaut, als ob er eine bestimmte Anwort hören wollte. Die Antwort kann er haben!
»Der Stemberger ist ein Trottel!« sagt Anika und bleibt auch stehen. Die Antwort hat gestimmt, das sieht man am

Gesicht vom Rolli. Aber der Rolli will noch eine Antwort.
»Gehst du mit einem anderen?«
Schulwegehepartner – Tischgenosse – Prüfungseinflüsterer – Lateinvorübersetzer, jetzt wirst du keine richtige Antwort bekommen!
»Ich geh mit dem Wolfgang«, sagt Anika. Sagt es ganz leichthin, ganz selbstverständlich. Es klingt auch ganz selbstverständlich.
»Und, bitte, mit welchem Wolfgang?« Der Rolli Huber tut, als kämen da sämtliche vierundsiebzig Wolfgangs der Schule in Betracht.
»Das geht dich aber eigentlich überhaupt nichts an.«
Anika geht weiter.
Bei den drei Stufen, beim Schultor, fragt der Rolli wieder:
»Mit welchem Wolfgang? Mit dem Bluntschli?«
Er fragt wie eine strenge Mutter, wie ein altmodischer Vater, wie ein eifersüchtiger Freund. »Mit dem Bluntschli?« wiederholt er.
Der Wolfgang war voriges Jahr, beim Schülertheater, bei der »Helden«-Aufführung, der Bluntschli. Ein sehr guter und sehr schöner Bluntschli übrigens. Seither nennen ihn viele in der Schule nur mehr Bluntschli.
Anika nickt.
Im Treppenhaus, auf dem Weg zu den Garderoben, eingeklemmt zwischen lauter Erstklässlern, sagt der Rolli und schaut dabei ziemlich böse: »Nikl, du solltest dem Bluntschli aber bei Gelegenheit sagen, daß er mit dir geht!«
»Wie meinst du das?« Anika stolpert über die letzte Stufe.
»Nur so halt«, sagt der Rolli gehässig, »damit er es weiß, halt. Sonst glaubt er weiter, er geht mit der Irmi aus seiner Klasse!«
Der Rolli schaut wie einer, der im Prater bei der Schießbude auf den großen Teddy gezielt und getroffen

hat. Anika holt weit aus und haut dem Rolli Huber eine herunter. Vier rote Streifen sind nachher auf der Wange vom Rolli zu sehen.
Anika läuft den schmalen Gang zur Garderobe der 4 a hin. Affenkäfig nennen sie die Garderoberäume, weil die Garderoberäume ganz aus Gitter sind. Sie haben auch Gittertüren.
Im Affenkäfig geht es wild zu. Dem Meier hat einer die Schulschuhe auf die Lampe gehängt, der Meier springt nach den Schuhen. Die Kothbauer findet ihre Schuhe überhaupt nicht und schreit, einer habe ihr die Schuhe gestohlen. Der Zwergpudel kämpft mit dem Fidi. Der Zwergpudel heißt Martina Müller und heißt Zwergpudel, weil er erstens sehr klein ist und zweitens eine Pudelfrisur hat. Anika drängt den Zwergpudel und den Fidi zur Seite. Anika schleudert ihre Schuhe unter die Bank, hängt den Mantel an den Haken, kriegt vom Berti Jogek unabsichtlich einen Tritt gegen das Schienbein, schreit auf, schimpft: »Trottel!« und verläßt den Affenkäfig. Die Kothbauer hat inzwischen die Schulschuhe gefunden und schreit: »Nikl, wart auf mich, Nikl, wart!« Sie stolpert hinter Anika her.
»Ich muß dir was Ungeheures erzählen«, raunt die Kothbauer, »gestern hat er mich gefragt, ob ich mit ihm schlafen will!«
Die Kothbauer starrt Anika erregt an. Anika weiß im Moment nicht, wer die Kothbauer gefragt haben könnte, Anika sagt aber trotzdem: »Na und? Was hast du ihm geantwortet?«
»Nicht vor sechzehn, hab ich gesagt! Vor sechzehn hab ich gesagt, tu ich das nicht! Tu ich wirklich nicht! Ist ja sogar verboten, gesetzlich!« sagt die Kothbauer. Anika dämmert es langsam, daß hier vom dreißigjährigen Zöllner die Rede sein muß. Von dem, der die Kothbauer vor dem Kino angesprochen hat. Das Weib hat eine Supermeise,

denkt Anika. Gestern erzählt sie mir vom Bisexuellen und daß sie es mit dem tut, und heute sagt sie, vor sechzehn tut sie es überhaupt nicht. Vergißt der Trampel denn von einem Tag auf den anderen, was er redet? Anika fragt die Kothbauer: »Na und? Was hat er drauf gesagt?«
Die Kothbauer erklärt tief befriedigt: »Er hat gesagt, er wird warten!«
Anika tut der Kothbauer den Gefallen, ergriffen zu nicken. Zwei Jahre warten, du Gans, du blöde, denkt Anika. Den möcht ich sehen, der zwei Jahre lang auf die Kothbauer wartet. Noch dazu ein Dreißigjähriger. Ein Dreißigjähriger wartet überhaupt nicht! Außer wenn er einen Tick hat, wenn bei ihm was nicht stimmt. Das hat die Mutter gesagt. Da kann man der Mutter glauben.
Der Rolli kommt hinter Anika und der Kothbauer die Treppe herauf. Der Rolli überholt Anika und die Kothbauer. Er nickt der Kothbauer zu. Die vier roten Streifen sind noch immer auf seiner Wange.
»Wer hat denn dich gedroschen?« fragt die Kothbauer.
Der Rolli rennt weiter.
Anika sagt: »Das war ich!«
Die Kothbauer kichert. »Ist er zudringlich geworden?« fragt sie.
Anika sagt: »Das kann man wohl sagen!«
Die Kothbauer versteht das falsch, denkt immer nur an Fleisch und Haut und Sex. »Oben oder unten?« fragt die Kothbauer und kichert wie verrückt.
»Du Sau!« sagt Anika und ist tatsächlich empört.
»Er liebt dich aber wirklich«, versichert die Kothbauer. Denkt also nicht immer nur an Fleisch und Haut und Sex.
»Plemplem.« Anika tippt sich an die Stirn. Sie will davon nichts wissen. Die Kothbauer behauptet, jeder Blinde sieht, daß der Huber Anika vergöttert, begehrt, anbetet.
»Plemplem«, sagt Anika wieder. Etwas anderes fällt ihr nicht ein. Sie weiß, daß die Kothbauer recht hat. Anbeten,

vergöttern, verehren, das ist vielleicht etwas zuviel des Guten, Wahren und Schönen. Aber der Rolli mag sie schon sehr. Doch was geht das die Kothbauer an? Nichts geht das die Kothbauer an. Das geht nicht einmal Anika was an! Das ist dem Rolli seine Sache.
Die Kothbauer gibt sich verstehend. Sie sagt, natürlich, sie würde sich auch nie im Leben mit so einem Grünzeug abgeben, das garantiert noch nicht einmal geküßt hat. Davon hat man ja nichts. Mädchen mit vierzehn Jahren, erklärt die Kothbauer Anika, sind eben weiter als Knaben mit vierzehn Jahren, und das haben die Knaben gefälligst einzusehen. Anika nickt. Hin und wieder sagt die Kothbauer schon was Wahres!

# Wurmstunde II

Anika und die Kothbauer sind bei der Klassentür, und es läutet. Erste Stunde ist Mathematik. Der Wurm – die Wurm hatte im zweiten Stock Gangaufsicht, steht schon bereit, lauert nicht mit privatem Alutafeldreieck, lauert mit der nilgrünen Mappe, wird also nicht Geometrie, sondern Brüche drannehmen, wird also auch die Hausübung abfragen, von der Anika kein einziges Beispiel gemacht hat. Die Kothbauer hält dem Wurm die Tür auf, buckelt, Anika buckelt hinter dem Wurm her in die Klasse hinein. Der Wurm eilt zum Lehrertisch, steht stramm, wartet darauf, daß die 4 a auch stramm steht, wartet lange, faucht, daß es die simpelste Höflichkeit gebietet, aufzustehen, wenn eine Lehrperson die Klasse betritt.
Die 4 a hat neun Lehrer. Drei sind fürs Strammstehen, zwei sind total dagegen, den anderen ist es egal. Jetzt steht die 4 a, nicht stramm, aber sie steht. Nur der Rolli Huber steht nicht.
»Huber, ich warte«, sagt der Wurm. Den Rolli mag der Wurm, soweit der Wurm jemand mögen kann. Mag ihn, weil er der beste Mathematiker in der Klasse ist, soweit es in der Klasse überhaupt einen Mathematiker gibt. Jedenfalls ist der Rolli Huber in der Lage, die Wurmschen Gedankengänge nachzuvollziehen. Ja, der Wurm mag den Rolli.
Der Rolli, sitzend, schaut den Wurm an.
»Willst du dich endlich erheben?« fragt der Wurm.
»Nein«, sagt der Rolli. »Wirklich nicht«, sagt der Rolli und streckt die Beine unter den Tisch. Die Arme läßt er baumeln. Der Wurm starrt mit Fischmund den Rolli an. Der Rolli lächelt den Wurm an. Der Wurm hat anscheinend zuviel Luft eingeholt, würgt an der Luft, kriegt die Luft endlich aus dem Brüstchen.

»Setzen«, sagt der Wurm, »wir gehen die letzte Hausübung durch!« Der Wurm schlägt seine nilgrüne Mappe auf und murmelt: »Beispiel achthundertsiebzehn, Seite einhundertundsiebenundvierzig, Nummer a!«
Der Zwergpudel beginnt. Der Zwergpudel beginnt immer, weil er in der Fensterreihe, in der Bank außen, sitzt. Der Wurm fragt immer in derselben Reihenfolge ab. Vom Zwergpudel die Fensterreihe nach hinten, die Mittelreihe nach vorne, die Türreihe nach hinten, bis zum Waschbekken, bis zum Vorzugsmeier. Der Wurm gibt genügend Hausaufgaben. Oft kommt der Zwergpudel noch einmal dran.
Anika kommt als fünfzehnte an die Reihe. Bei Beispiel Nummer achthundertneunzehn, Unterabteilung d. Hinter Rolli kommt Anika dran. Sonst, wenn Anika keine Hausübung gemacht hat, schiebt ihr der Rolli diskret sein Heft zu. Diesmal sagt der Rolli gelangweilt zum Wurm: »X ist zwei mal Klammer drei Ypsilon minus eins, gebrochen durch Ypsilonquadrat!« Dann klappt der Rolli sein Heft zu, legt beide Hände auf das Heft und starrt auf die Hände. Der Wurm unterläßt wegen der Grußverweigerung jedes sonst übliche Lob für einwandfreie Leistungen und Lösungen, schaut Anika an, sagt: »Anika, fahre fort!« Sagt: »Fräulein Anika, bitte!« Sagt: »Gerstl, was ist?«
Anika begreift nicht, daß der Rolli sein Heft nicht zu ihr schiebt. Das ist einfach nicht möglich. Das gibt es doch gar nicht! Nicht wegen einer harmlosen Ohrfeige! Das muß ein Irrtum sein! Anika greift nach Rollis Heft, zieht. Zuerst gibt der Rolli nicht nach, drückt die Hände fester auf das Heft. Anika zieht auch fester, der Rolli sieht ein, daß es lächerlich ist, unmöglich ist, wegen einer Ohrfeige, daß es ein Irrtum ist. Er läßt das Heft los, Anika schlägt auf, will lesen, weiß vor lauter Verwirrung nicht mehr, daß jetzt achthundertneunzehn, Unterabteilung d dran

ist, der Vonsi dreht sich um, raunt ihr die Nummer zu. Anika sucht, findet, sagt: »X minus Ypsilon gebrochen durch . . .« Doch da ist der Wurm schon mit wieselflinken Trippelschritten durch den Mittelgang geeilt. Die Mausaugen hinter den Fettgardinen blitzen: Ertappt! Die Fettohren wackeln: Ich durchschaue dich! Das Zittermündchen tief drinnen im Speck kreischt: »Das Heft her!«

Die anderen halten es für einfaches Schülerpech. Schiefgegangen, herzlichstes Beileid! So etwas kommt immer vor. Wenn man ein Risiko eingeht, kann man eben auch verlieren! Der Wurm reißt das Heft aus Anikas Händen, schaut auf das Schild, liest: »Roland Huber!«, murmelt: »Nun weiß ich ja Bescheid!«

Blöder geht's nimmer, denkt Anika.

Manchmal kann sich Anika demütig geben, winseln, Mitleid erheischend, lügen, Glupschaugen machen; bei einem Lehrer wirkt es mehr, bei einem weniger. Ein bißchen wirkt es bei allen. Nun ist Anika zu verwirrt, um zu winseln, kann keine demütigen Glupschaugen machen, hat nichts Mitleiderregendes in den Hängeschultern. Ob es dem Rolli jetzt wenigstens leid tut? Anika sieht von Rollis Gesicht bloß eine Wange und ein Ohr. Einer Wange und einem Ohr tut nichts leid.

Der Wurm zischt was von Vorladung des Vaters. Ede wird der was pfeifen. Ede ist schulscheu, wird die Mutter schicken. Mütterchen kann leicht zum Lindwurm werden, auch zur Mater dolorosa werden, aber nicht wegen eines Wurms. Der Wurm wird Mütterchen kalt lassen, eine solche Bestie ist Mütterchen nicht, daß sie Anika wegen Wurmscher Klagen die Hölle heiß macht.

Vom Wurmgezische bleibt ein Satz in Anikas Kopf hängen, weil der Wurm den Satz schon viermal hintereinander gezischt hat: »Warum hast du keine Hausaufgabe gemacht? Warum?«

Jemand, den sie acht Jahre in die Schule geschickt haben, weiß recht gut, was man einem Wurm sagen kann und was man einem Wurm besser nicht sagt. Anika kommt dieses Wissen plötzlich abhanden. Sie sagt dem Wurm ins gefaltet-fette Gesicht: »Ich verstehe nie etwas, wenn sie etwas erklären. Ich muß warten, bis mein Vater Zeit hat, der erklärt mir das dann. Am Freitag wird er Zeit haben. Dann werde ich die Hausübung nachmachen!«
In der Klasse, reihum, erstaunt starres Glotzen. Zuerst auf Anika, dann auf den Wurm. Was wird der Wurm tun? Der Wurm tut gar nichts, weil dem Wurm noch nie so etwas gesagt worden ist. Darum hat der Wurm auch keine Modellantwort bereit. Der Wurm legt Rollis Heft zurück, geht zur Tafel und nimmt ein Stück Kreide.
Geschlagen, denkt die 4 a. Geschlagener Wurm! Und der Zwergpudel kichert zufrieden, und Anika sagt leise zum Rolli: »Das mit dem Heft war gemein von dir!«
Es könnte sein, daß der Rolli nickt.
Der geschlagene Wurm vertieft sich in Zähler und Nenner und deren reziproke Werte und rechnet so wild, daß ihm die Kreide abbricht. Auf Anika ruhen hochachtungsvolle Kollegenblicke. Anika freuen die Blicke, doch unter der Freude ist das dumpfe, beklemmende Gefühl, daß sie ab jetzt auf der Hut sein muß. Der Wurm wird zurückschlagen, der geschlagene Wurm wird morgen oder nächste Woche oder nächsten Monat oder nächstes Jahr zurückschlagen. Anika kann den Wurm ärgern. Der Wurm kann Anika durchfallen lassen. Keine fairen Kampfchancen für Anika.
Ein paar in der Klasse versuchen, hinter dem Wurm herzurechnen, geben aber bald auf, weil der Wurm schneller rechnet, als einer schreiben kann.
Dann sagt der Rolli sehr laut: »In der siebenten Reihe von oben, da haben Sie einen Fehler gemacht!«
Den Wurm reißt's herum. Der Wurm starrt auf seinen

besten Rechner. Der Rolli schaut harmlos und freundlich. Der Wurm, wieder mit Blick zur Tafel, sucht nach der siebenten Reihe von oben, sucht in den Zählern und Nennern, wischt mit dem Wischtuch weg, bessert aus, wischt wieder, diesmal mit den Fingern, schreibt aus Ypsilonen X, macht aus Z Z-Quadrat, bessert nun auch in der achten und der neunten Reihe herum, wischt und bessert, bessert und wischt.
»Jetzt ist ja alles grau«, jammert der Zwergpudel, »ich seh überhaupt nix mehr, bitte!«
Der Wurm wird sehr nervös, schreibt aus dünnen Strichen dicke Striche, die Schulglocke läutet. Der Wurm scheint erleichtert zu sein. Er macht einen Riesenwischer durch Zähler und Nenner und sagt: »Das rechnen wir das nächste Mal noch einmal!« Dann rennt der Wurm aus der Klasse.
Kaum ist der Wurm draußen, kommt der eifrige Vorzugsmeier zum Rolli, mit dem Heft in der Hand, sagt: »Bitte Rolli, ich bin nicht mitgekommen, wo ist der Fehler denn?«
»Keine Ahnung«, sagt der Rolli.
»Wieso?« Der Vorzugsmeier denkt, der Rolli will ihm nichts sagen. Der Vorzugsmeier meint, der Rolli will sein Wissen für sich behalten. Der Vorzugsmeier denkt in solchen Kategorien.
»Genosse Meier«, sagt der Rolli, »ich hab gar nicht mitgerechnet!« Der Rolli zeigt auf sein Heft. Dort steht *21. Schulübung.* Sonst steht dort nichts.
Der Vorzugsmeier begreift noch immer nicht. »Aber du hast doch gesagt, in der siebenten Reihe von oben . . .«
Der Rolli unterbricht ihn: »Na und? Wenn sie es glaubt, dann ist es ihre Schuld!«
Durch die 4 a tobt ein Sturm der Begeisterung. Nur der Vorzugsmeier faßt es noch immer nicht. Geht zu seinem Platz und rechnet.

Nächste Stunde und zur Beruhigung kommt Sachsen-Weimar, gibt die Schularbeiten zurück, was keine große Aufregung verursacht, denn Sachsen-Weimar teilt nur im Notfall ein Nichtgenügend aus. In der 4 a ist kein Notfall. Bloß rechtschreiben können die Damen und Herren immer noch nicht, jammert Sachsen-Weimar. Und der Fidi hat viermal »außen« mit zwei s geschrieben. Dazu ist er schon zu alt, klagt Sachsen-Weimar.
Der Zwergpudel grinst.
Sachsen-Weimar sagt: »Zwergpudel«, Sachsen-Weimar ist mit den Namen vertraut, er darf, es nimmt ihm keiner übel, andere dürfen nicht, das wäre dann Anbiederung, »Zwergpudel«, sagt also Sachsen-Weimar, »du kennst ja sicher die Regeln!«
»Welche Regeln?« fragt der Zwergpudel.
»Die ss-Regeln!« sagt zischend Sachsen-Weimar.
»Sicher Gewohnheitsrecht«, sagt der Zwergpudel schulterzuckend, erntet allgemeine Heiterkeit.
Sachsen-Weimar kichert auch, dann erklärt er zum zwanzigsten Mal in diesem Schuljahr die ss-Regeln. Dann liest die Sonntag ihren Aufsatz vor, weil er angeblich so gut ist, und die Kothbauer den ihren, weil er angeblich nicht gut ist. Es geht alles durcheinander bei der Kothbauer, jammert Sachsen-Weimar, aber für einen Vierer hat es noch gerade gereicht. Anika hat ein Gut bekommen, Rolli hat auch ein Gut, der Vorzugsmeier hat ein Befriedigend. Sachsen-Weimar ist der einzige, der dem Vorzugsmeier hin und wieder ein Befriedigend zuteilt. Schon deswegen liebt ihn Anika.

# Pause

In der Zehnerpause, der großen Pause, der Zwanzigminutenpause, geht Anika in den dritten Stock hinauf. Rolli geht ebenfalls in den dritten Stock, ist drei Stufen, dann drei Schritte hinter ihr. Anika mag das nicht, sie fühlt sich beobachtet.
Die Klassentür der Siebenten ist zu, hinter der Tür ist es still. Anika reißt die Tür auf, sagt: »Entschuldigung!«, macht die Tür wieder zu. Die Siebente hat eine zweistündige Schularbeit. Englisch.
Der Rolli ist schon am anderen Ende des Ganges, bei der Tür von der Achten. Anika denkt, der rennt zum Sebastiangenie. Der Rolli verehrt das Genie. Der Rolli möchte so einer werden wie das Genie einer ist. Hat ein Ziel. Hat einen Vergleich. Kennt sich dadurch aus im Leben.
Anika weiß nicht, was sie mit der nächsten Viertelstunde anfangen soll. Sie schaut aus dem Gangfenster in den Schulhof hinunter, wo etliche Erstklassler trotz des schlechten Wetters Dampf ablassen und wie die Irren im Kreis rennen. Das hat Anika auch einmal gemacht und war ganz zufrieden dabei. Sie kann sich aber nicht mehr erinnern, wie das war. Wie das genau war.
Eine Hand liegt auf Anikas Schulter, der Stemberger steht hinter ihr und sagt: »Tag, Dummbauchi!«
Anika fragt, wieso er nicht drinnen ist und Schularbeit schreibt. Der Stemberger erklärt, er war am Töpfchen, und einen Tschick* hat er getschickt, und jetzt muß er sowieso wieder rein.
»Ist es schwer?« fragt Anika.
Der Stemberger schüttelt den Kopf. Für ihn nicht, sagt er.

---

* Zigarette

Englisch kann er, sagt er. Aber die Irene hat's schwer. Die weint fast. Aber er kann ihr nicht helfen. Sie sitzt zu weit entfernt.
Von der Achten her hüpft der Rolli heran. Schrittschrittwechselschritt – Kindergang.
Der Stemberger sagt zu Anika: »Weißt es schon, wegen dem Streik?«
Anika weiß nichts. Der Stemberger sagt, der Rolli Huber, der weiß es, der soll es Anika erklären, er muß jetzt wieder reingehen. »Tschüß, Dummbauchi«, sagt der Stemberger und geht in die Klasse hinein.
Der Rolli bleibt bei Anika nicht stehen, aber er hüpft langsamer. Anika geht neben ihm her.
»Warst beim Sebastian?« fragt Anika. Der Rolli nickt.
»Du, was ist wegen einem Streik? Was ist damit? Was soll das heißen?«
Der Rolli zögert, entschließt sich dann, Anikas Versöhnungsangebot anzunehmen. »Wegen dem Sedlak. Der hat in der 6 b eine Klassenstrafe gegeben. Und Klassenstrafen sind verboten. Und überhaupt macht er lauter Sauereien!«
Anika nickt. Der Sedlak ist bekannt als mieser Typ. Der Rolli fährt fort: »Und wenn der Direktor nichts gegen den Sedlak unternimmt, dann streiken wir!«
»Streiken?« Anika versteht das nicht.
»Wenn sie prüfen, redet keiner!«
»Dann schreiben sie lauter Fünfer ein!«
»Sie können nicht allen Fünfer eintragen! Das tun sie nicht, denn dann kriegen sie Scherereien, und die wollen sie nicht!«
Der Rolli erklärt Anika, die Treppe hinunter, den Gang entlang und in die Klasse hinein, wie man so einen Streik machen muß und warum man endlich gegen den Sedlak etwas unternehmen muß. »Wir müssen wenigstens die paar Rechte, die wir haben, verteidigen!«

Anika hört dem Rolli zu, ein paar andere Kollegen hören ihm ebenfalls zu.
»Das haben dir der Sebastian und der Stemberger eingeredet, und die aus der Achten überhaupt!« sagt Anika. Sie meint es nicht böse, aber der Rolli wird wild.
»Die haben es mir nicht eingeredet, die haben es mir erklärt, du Nudel, du blöde, da ist ein Unterschied!« schreit er.
Der Fidi sagt, der Streik gegen den Sedlak ist eine gute Idee, sein Bruder hat den Sedlak in Latein gehabt und sein Bruder ist wegen dem Sedlak durchgefallen und hat aus der Schule müssen.
»Aber«, sagt der Fidi, »was hast von der guten Idee, da spielen nie im Leben alle mit. Was hast davon, wenn sich ein paar nicht prüfen lassen, und dann steht einer auf und sagt, ja bitte, und laßt sich prüfen!?«
»Man muß es probieren«, sagt der Rolli.
Die Kothbauer beißt von der Wurstsemmel ab, kaut, schaut herum, sagt: »Na, was glaubst? Der Vorzugsmeier? Ha? Glaubst echt, daß der Vorzugsmeier streikt?«
Der Vorzugsmeier steht beim Fenster, allein. Der Vorzugsmeier ist oft allein, ist oft beim Fenster, in der Pause.
»Vorzugsmeier«, ruft der Rolli. Der Vorzugsmeier zuckt, aber er rührt sich nicht vom Fleck, dreht sich nicht um.
»Vorzugsmeier!« schreit der Rolli noch einmal, und hinterher kommt ein Chor: »Vorzugsmeier! Vorzugsmeier!«
Jetzt dreht sich der Vorzugsmeier um. Häßlich ist der Mensch, denkt Anika, das allerletzte von einer Visage hat der Mensch. Der ist nicht nur häßlich, der ist grauslich, der war schon seinerzeit im Kindergarten grauslich.
»Wir möchten wissen«, sagt der Rolli zum Vorzugsmeier, »ob du die Güte hättest, mitzumachen!«
»Wobei?« fragt der Vorzugsmeier. Er tut, als ob er nichts gehört hätte, dabei hört er immer alles, sonst wär er ja

auch kein Vorzugsmeier. Im Gesicht vom Vorzugsmeier zuckt etwas. Um die Nase herum zuckt es. So, als ob er niesen müßte. So, als ob er mit aller Gewalt das Niesen zurückhalten würde.
Der Rolli winkt den Vorzugsmeier heran. Der Vorzugsmeier kommt widerwillig näher.
»Schau, Genosse Vorzug«, sagt der Rolli, »der Sedlak hat der 6 b eine Klassenstrafe gegeben, und das ist verboten. Und er prüft auch, wenn's ihm paßt, ohne vorher zu sagen, wann er prüft, und er prüft an Tagen, wo Schularbeiten sind, und er prüft hundsgemein!«
Der Vorzugsmeier sagt: »Wir haben den Dr. Sedlak ja gar nicht. Das ist doch die Angelegenheit der 6 b!«
Rolli, sehr milde: »Die 6 b hat sich ja schon gewehrt, und die Achte auch, aber genutzt hat es nichts!«
Die Sonntag steht neben dem Vorzugsmeier. Sie macht auch ein Ich-möchte-lieber-nicht-Gesicht. Sie sagt: »Dann sollen doch die Eltern von der 6 b was tun!«
»Die Eltern.« Der Rolli lacht. »Bist auf der Nudelsuppe dahergeschwommen?«
»Wieso?« empört sich die Sonntag.
»Weil die Eltern nie was tun«, sagt der Rolli.
»Die sind doch fürs Kuschen«, sagt der Fidi.
»Die halten doch vor den Lehrern den Mund«, ruft der Vonsi, »schön brav sein, schön ducken, schön lieb sein und nicht aufmucksen!«
»Hauptsache, man kriegt gute Noten!« sagt die Kothbauer. Der Rolli nickt zustimmend.
»Was hat denn die Sechste überhaupt getan, daß er ihnen eine Klassenstrafe gegeben hat?« will die Sonntag wissen.
»Das steht ja gar nicht zur Debatte«, ruft der Rolli, »zur Debatte steht, daß Klassenstrafen verboten sind, und daß sich der Sedlak nicht dran hält, und daß ihn bisher keiner daran gehindert hat. Und wenn einer nicht gehindert wird, dann tut er eben, was ihm paßt!«

Morgen, sagt der Rolli, geht der Schulsprecher ein letztes Mal zum Direktor, mit zwei Klassensprechern und einer langen Liste mit allen Sedlakvergehen, und wenn der Direx wieder nur milde Sprüche hat und sonst nix, dann kommt der Prüfungsstreik. »Da fährt die Eisenbahn drüber!« sagt der Rolli, und dann fragt er wieder den Vorzugsmeier: »Also, Vorzug, was ist?«
Im Gesicht vom Vorzugsmeier zuckt es wieder. Anika, die neben ihm steht, findet, er stinkt jetzt sogar. Nach Schweiß oder nach Angst.
»Also, machst du mit?« fragt die Kothbauer.
»Sicher machen nicht alle mit«, sagt der Vorzugsmeier, »und wenn nicht alle mitmachen, dann hat es gar keinen Sinn, wenn ich mitmache. Warum soll ich mir mein Zeugnis verpatzen lassen, wenn es doch keinen Sinn hat!«
Es läutet die Pause aus. Die letzten Gangmarschierer kommen in die Klasse. Der Rolli informiert nun auch die Gangmarschierer, fuchtelt dann mit den Armen herum, bis es ganz still ist, und fragt dann: »Also, gibt's jemanden, außer dem Vorzug, der nicht mitmacht?«
Anika schaut sich um. Niemand meldet sich. Anika schaut aber trotzdem in ein paar Gesichter, von denen sie glaubt, daß sie nicht mitmachen werden.
»Also machen alle mit«, sagt der Rolli. Das beistimmende Gemurmel klingt für Anika nicht überzeugend.
»Also kannst auch du mitmachen«, sagt der Rolli zum Vorzugsmeier.
Der Vorzugsmeier hat noch immer das Müßte-niesen-Gesicht.
»Siehst doch, daß er sich nicht traut«, sagt der gewöhnliche Meier voll Abscheu, »der scheißt sich doch in die Hosen, wenn er nur dran denkt!«
»Dabei könnt's grad ihm wurscht sein«, ruft die Kothbauer, »dem Vorzugsweimberl tut eh niemand was!«
»Wenn ich mich trau«, schreit der Fidi den Vorzug an,

»dann ist's doch für dich ein Kinderspiel! Ich riskier zu meinen zwei Fünfern noch einen dritten dazu! Aber du Arsch riskierst ja überhaupt nichts!«
»Ob man zwei Fünfer oder drei Fünfer hat, ist ohnehin ganz egal«, sagt der Vorzugsmeier und wird ganz blaß dabei. Seine Nase ist schneeweiß.
»Du Sau«, sagt der Vonsi, »du hochnäsige Wildsau!«
»Dabei ist er gar nicht gescheit, nur ein Streber ist er, ein lausiger Streber«, schreit die Kothbauer, »ein Stinker, ein Stucker, ein Streber, ein Verstunkener!« Die Kothbauer hat Spaß daran, dem Vorzugsmeier das endlich einmal sagen zu können.
»Überleg es dir bis morgen!« sagt der Rolli.
Der Vorzugsmeier geht zu seinem Platz. Alle schauen ihm empört nach. Auch die, von denen Anika annimmt, daß sie selber nicht mitmachen werden. Oder werden sie jetzt mitmachen? denkt Anika. Jetzt, wo sie gesehen haben, wie die Kothbauer und der Fidi und der Vonsi mit dem Vorzug umgesprungen sind. Will Anika überhaupt wirklich mitmachen? Anika hat nichts dagegen. Anika glaubt aber nicht, daß die mit dem Streik etwas erreichen. Anika denkt, jedenfalls wird was los sein, und das ist besser als gar nichts.
Die Kothbauer ist begeistert. Redet herum, daß man meinen könnte, sie hätte das Ganze erfunden. Der Fidi und der Vonsi sind auch enorm begeistert, und der gewöhnliche Meier auch. Der Zwergpudel sagt zu Anika: »Und wenn das unsere Alten erfahren?«
Anika sagt, ihre Alten können so was ruhig erfahren. Ihre Mutter wird zwar meckern, nach dem Motto: Aber Kind, aber Kind, das ist doch unvernünftig! Aber bös wird die Mutter nicht sein.
»Du hast es gut«, sagt der Zwergpudel. »Hätt ich nur deine Alten!« Der Zwergpudel hat ganz miese Pocher als Eltern. Uralt und vertrocknet und verkalkt und stur.

Obwohl es längst geläutet hat, rennt der Rolli noch aus der Klasse. Wahrscheinlich geht er in den dritten Stock Meldung erstatten: Alle, bis auf den Vorzug!
Anika geht zu ihrem Platz und denkt nach. Nicht über den Sedlak und den Streik, sondern darüber, daß heute um zwei Uhr Redaktionskonferenz der Schülerzeitung ist, bei der auch der Wolfgang sein wird. Ein Wolfgang ganz ohne Irmi. Wenn es Anika gelingt, mit dem Rolli zur Redaktionskonferenz zu gehen . . .

# Mittagsstunde

Der Rolli kam in die Klasse zurück, als der Geschichtsmann schon längst auf dem Pult vom Zwergpudel hockte und quer durch die Klasse dem Vorzugsmeier lauschte, der freiwillig den Stoff der letzten Stunde wiederholte, herunterleierte, auswendig, ganz nach Buch, sowohl das Großgedruckte als auch das Kleingedruckte, sogar wesentlich mehr aufsagte, als der Geschichtsmann vorgetragen hatte.
Der Rolli wollte seine Verspätung erklären-entschuldigen, der Geschichtsmann winkte ab. »Setz di hin und sei still und unterbrich den Meier net, sonst kommt er ins Stottern!« Es klang höhnisch. Der Geschichtsmann war übrigens der einzige Lehrer, der Dialekt sprach.
Der Vorzugsmeier wartete schweigend-vorwurfsvoll, bis Rolli seinen Platz erreicht hatte, fuhr, als sich Rolli niedergesetzt hatte, mit dem Scheitern der Revolution des Jahres 1848 in Deutschland fort.
Anika schrieb auf ihr Löschblatt: *Kann ich um zwei zur Redaktionssitzung mitgehen?*
Sie schob dem Rolli das Löschblatt hin.
*Warum,* schrieb der Rolli unter Anikas Satz.
Anika zog das Löschblatt wieder zu sich. *Weil ich mitmachen will!*
Der Rolli schaute schräg, las, war erstaunt, nickte aber. Das Löschblatt hatte etliche Tintenflecke, auf der Hinterseite war eine nackte Frau mit schmaler Taille und riesigen Brüsten und enormen Tintenfleckbrustwarzen. Zum Schreiben war auf dem Löschblatt kein Platz mehr.
Der Rolli flüsterte: »Aber um eins treff ich mich vorher mit dem Sobotka!«
Der Sobotka war der Turnlehrer und der verantwortliche Lehrer für die Schülerzeitung. Er mußte alles lesen, alles

genehmigen, was geschrieben wurde. Was der Sobotka nicht genehmigte, durfte nicht gedruckt werden.
Anika wußte das nicht. Der Rolli begann flüsternd zu erklären. Beim Vorzugsmeier war die deutsche Revolution gerade gescheitert.
»Herr Huber und Frau Gerstl!« rief der Geschichtsmann, »jetzt red ich. Jetzt horcht's wieder a bissl her, ja?«
Anika und Rolli horchten wieder hin. Meistens war das, was der Geschichtsmann zu erzählen hatte, wirklich nicht langweilig.

Zum Sobotka konnte Anika nicht mitgehen. Der Rolli hatte erklärt, da störe sie nur, und der Sobotka würde sich wundern.
Anika blieb also in der Klasse sitzen und wartete auf Rolli. Rolli hatte versprochen, sie um halb zwei Uhr zu holen. Anika hatte Hunger, großen, nagenden, knurrenden Hunger. Das mütterliche Käsebrot lag zwar noch im Fach, aber die Butter schaute so unheimlich fett und gelb aus, und der Käse schwitzte an den hartverbogenen Rändern kleine wasserhelle Blasen. Anika wurde übel, wenn sie das Brot nur ansah. Das Brot zu essen war ganz unmöglich.
Bis auf den Banarik waren schon alle weg. Der Banarik saß auf seinem Platz und zerbrach einen Strohhalm in winzige Teile und legte die Teile in Zehnerreihen. Anika war langweilig, sie hätte gerne mit jemandem geredet, aber der Banarik war nicht zum Reden. Mit dem Banarik hatte Anika in den vier Schuljahren kaum mehr geredet als: »Rück schon weg, du Trottel!«, wenn er in der Garderobe auf ihrem Platz hockte, oder: »Banarik, halt's Maul!«, wenn er sich in ein Gespräch einmischen wollte.
Jetzt kramte der Banarik in der Schultasche, holte einen Nylonsack heraus, holte eine Semmel heraus, aus der Semmel schaute magerrosa Schinken. Der Banarik stand

auf, ging zum Papierkorb. Es war Anika ganz unmöglich, »gib die Semmel her« zu sagen. Die magerrosa Schinkensemmel fiel zu den leeren Füllfederpatronen, zum Bleistiftmist, zu den Schulmilchtüten. Der Banarik ging an seinen Platz zurück.

»Ich hab da jetzt Nachhilfestunde«, sagte er, »du vielleicht auch?«

Anika war empört über die Zumutung, Nachhilfe zu haben. »Ich gehe um zwei zur Redaktionskonferenz!« sagte sie.

Der Banarik – Anika merkte es – war ergriffen, daß Anika mit ihm sprach, und Anika kam sich sehr mildtätig vor, als sie sagte: »Wir machen eine ganz tolle Nummer, wegen dem Sedlak und wegen unserer Rechte überhaupt!«

Der Banarik schaute sie bewundernd an. »Schreibst du auch was?«

Anika nickte hoheitsvoll.

»Was denn?«

»Allerhand«, wich Anika aus.

»Ist das schwer?«

»Keine Spur!«

Wenn der Banarik erst jetzt die Schinkensemmel zum Papierkorb getragen hätte, hätte Anika »gib her!« sagen können.

Ein würdiges Pferd aus der Achten kam zur Tür herein. Blaßgelbe Haut, schulterlange Haare – farblos-fettig, Zähne ohne Regulierung – kunterbunt und schief hinter gesprungenen Lippen, leichter Hängebauch, Elefantenbeine, aber sonst ganz und gar und durch und durch Lateinkanone und sichtlich zukünftige Frau Professor.

Der Banarik holte das Lateinbuch aus der Tasche. Das Lateinpferd schaute zu Anika hinüber, hatte eine echte, alte Lehrerstimme, als es sagte: »Hast du hier noch etwas zu tun?«

Anika sagte zur Frau Lateinprofessor, die das Pferd einmal sein würde: »Bitte, ich soll hier bis um halb zwei warten!«
»Kannst du vielleicht woanders warten?« Das Lateinpferd schaute indigniert. »Du lenkst ihn nämlich nur ab!«
Anika stand auf, packte ihre Schultasche, ging zur Tür, warf dem Lateinpferd einen gehässigen Blick zu, der am Lateinpferd abglitt. Der Banarik grinste zustimmend. Die Klassentür ließ Anika offenstehen. Sollte sie das blöde Pferd selber zumachen!
Anika wartete auf dem Gang, bei der Treppe, bis knapp vor zwei Uhr auf den Rolli, aber der kam nicht.
Anika lief ins Parterre hinunter. Wenn in der Schule, nach der Schule, etwas zu besprechen war, traf man sich meistens im Fahrschülerraum. Im Fahrschülerraum saßen zwei dicke Mädchen aus der Dritten und warteten, daß es halb drei Uhr würde. Um halb drei konnten sie zu ihrem Autobus gehen. Sie wohnten weit draußen. Die zwei Dicken hatten niemanden gesehen, kannten weder den Rolli Huber noch den Wolfgang und hatten von einer Redaktionskonferenz keine Ahnung. Außer dem Schulwart, sagten sie, sei garantiert niemand hier gewesen.
Der Schulwart war draußen im Hof und kehrte allerletztes Laub zusammen. Anika lief zu ihm, fragte ihn. Ob sie die Anika Gerstl sei, fragte der Schulwart. Ja, wenn sie die Anika Gerstl ist, dann hat er ihr von einem gewissen langen Blonden, einem Huber, etwas auszurichten.
»Der Huber kann dich nicht holen!«
»Das hab ich gemerkt!« sagte Anika. Ob der Schulwart vielleicht weiß, warum sie der Huber nicht holen kann?
Nein, das weiß der Schulwart nicht. Der Huber hat ihm nur gesagt, falls er an der 4 a vorüberkommt, soll er der Gerstl sagen, daß es unmöglich ist. »Bis jetzt aber«, sagte der Schulwart, »bin ich noch nicht an der 4 a vorbeigekommen, weil ich Laub kehren muß, dabei bin ich fürs

Laub gar nicht zuständig. Aber der Direktor, der sagt einfach: ›Kehren Sie das Laub!‹«
»Dann tun Sie es doch nicht!« sagte Anika.
»Ihr habt's leicht reden«, sagte der Schulwart.
Anika ging durch den Hof, an den Turnsälen vorbei zum Fahrrad- und Mopedabstellplatz. Wenn das Moped vom Stemberger noch dort stand, dann war der Stemberger noch in der Schule. Dann war noch Redaktionssitzung, dann war der Wolfgang auch noch in der Schule.
Das Moped vom Stemberger stand auf dem Abstellplatz. Die Irmi stand auch auf dem Abstellplatz. Klein und dünn und mit langen gelben Seidenhaaren. Sie schaute Anikas Lieblingspuppe ähnlich. Der Puppe, die früher immer auf Anikas Bett gesessen war. Seit Anika die Irmi näher kannte, lag die Lieblingspuppe unten in Anikas Kleiderschrank.
Die Irmi lehnte an der Schulhausmauer. »Der Idiot von einem Bina, der Ungustl, hat mich aus der Klasse vertrieben, ich stör ihn beim Kehren, hat er gesagt!«
Der Bina, der Idiot, der Ungustl, war der Hilfsschulwart, der im dritten Stock zusammenräumte. Anika mochte ihn.
Dann fragte die Irmi: »Wieso bist denn du eigentlich noch da? Habt ihr heut nicht um eins ausgehabt?«
Anika überhörte die Frage. Die Irmi holte eine Schachtel Zigaretten aus der Schultasche. »Magst einen Tschick?« fragte sie Anika. Anika lehnte ab, wollte jetzt keinen Rauch im Mund. Die Irmi zündete sich eine Zigarette an, sagte: »Endlich, fünf Stunden lang kein Tschick!«
Anika überlegte, ob die Irmi tatsächlich nikotinsüchtig sein könnte, oder ob sie nur so blöd tat.
Die Irmi schaute ungeduldig auf die Armbanduhr. »Was die Affen heut wieder so lang zum Reden haben!» Die Irmi zog die dünnen, ausgezupften Augenbrauen hoch. »Und der Wolf hat mir doch versprochen, daß es garantiert nicht länger als bis viertel drei dauert!«

Der Wolf! Wie das schon klang! Wie das schon überhaupt nicht zum Wolfgang paßte!
»Du wartest auf den Wolfgang?« fragte Anika und hoffte, daß ihre Stimme sachlich klang.
Die Irmi nickte, nickte, als ob man auf sonst niemanden warten könnte.
»Geht ihr wohin?« Vielleicht gingen sie ins Kaffeehaus. Besser ein Wolfgang mit Irmi als gar kein Wolfgang.
»Zu mir nach Hause«, sagte die Irmi, »meine Alten sind weg! Bei der Erbtant!«
Anika starrte auf die leeren Mopedständer, starrte auf dem Stemberger seine Honda.
»Auf wen wartest denn du!« fragte die Irmi wieder.
Von den Fahrradständern aus sah man in den Schulhof, sah man auf die Hoftür. Der Stemberger kam durch die Hoftür, hatte seinen gelben Sturzhelm unter dem Arm, hatte keine Schultasche, rannte durch den Hof, rannte den laubkehrenden Schulwart fast um. Der Stemberger hatte oft keine Schultasche, schrieb auf kleine Zettelchen, die er in die Hosentasche steckte. Die Lehrer ärgerte das.
Die Irmi sah den Stemberger. »Na, endlich ist die ganze Sitzerei aus!« Die Irmi warf die halbgerauchte Zigarette auf den Boden.
Der Stemberger war beim Abstellplatz. »Irmengunde, herrliches Weib!« rief der Stemberger.
Die Irmi fragte nach dem Wolfgang, erzählte wieder empört, daß sie der Bina, der Ungustl, aus der Klasse verwiesen habe, und daß der Wolfgang sie jetzt höchstwahrscheinlich in der Klasse suchen würde, und daß er vielleicht annehmen könnte, sie sei schon alleine nach Hause gegangen.
»Na, wenn er dich oben nicht findet, Irmengunde«, sagte der Stemberger, »dann wird er hierher kommen, ist doch klar, daß du dann hier wartest!«
»Es sei denn«, der Stemberger grinste, »er hat inzwischen

was Besseres gefunden!« Die Irmi lächelte. Man sah, daß diese Möglichkeit für sie nicht in Betracht kam.
»Wann kommen denn deine Alten wieder?« fragte der Stemberger.
»Übermorgen«, sagte die Irmi.
Der Stemberger grinste und sagte: »Und was ist, wenn sie früher kommen? Und ihr einziges Kinderl mit dem Wolfgang auf dem bürgerlichen Kanapee finden?«
»Hör auf, Schlumpfi«, sagte die Irmi. Die Irmi nannte den Stemberger oft Schlumpfi.
»War nur als bescheidene Warnung gedacht!«
Die Irmi fuhr sich mit allen zehn Fingern durch die gelben Seidenhaare, lockerte das Lockige auf. »Frustrier mich nicht«, sagte sie, »schon die Vorstellung, daß da meine Alten zur Tür reinkommen, macht mich frigide!«
»Arme Irmengunde«, sagte der Stemberger, und dann: »Ich könnte euch ja Schmiere stehen!«
Die Irmi lachte, schaute wieder auf die Uhr.
Anika möchte gerne fragen, wie es bei der Redaktionssitzung war, und ob der Rolli Huber den anderen gesagt hat, daß sie mitmachen will. Sie möchte gern wissen, ob sie der Rolli vielleicht nur deswegen nicht geholt hat, weil die anderen sie nicht haben wollten. Aber schließlich ist Anika ja auch Klassensprecherin, auch wenn sie bisher nur für sämtliche Milch-Elternvereins-Blumen-Kranz-Rotekreuz-Gelder zuständig war. Schließlich hat sie genausoviel Recht auf geistige Leistungen wie der Rolli.
»Hat der Rolli –« fragt Anika.
»Der Rolli«, unterbricht sie der Stemberger, »hat gesagt, eure Klasse ist mit dem Streik einverstanden, alle machen mit!« Der Stemberger schaut Anika an. »Stimmt das? Sieht er das nicht ein bißl rosarot?«
Anika sagt, keine Spur, da hat der Rolli schon recht. Bis auf die Sonntag und den Vorzug hat er recht, und die Sonntag und den Vorzug wird man eben zwingen.

»Wie denn?« fragt der Stemberger.
Anika sagt, den Vorzug kann man leicht zwingen, der ist feig, und die Sonntag auch.
»Bis auf die ersten und die zweiten und die dritten Klassen«, sagt der Stemberger, »machen alle jetzt mit. Die ersten drei Klassen haben wir gar nicht gefragt. Die sind zu klein.«
Die Irmi gähnt, nicht echt, sie tut nur so, um ihre Langeweile auszudrücken. »Ihr geht mir schön langsam auf die Nerven«, sagt sie. »Warum ist denn auf einmal so eine Schreierei wegen dem Sedlak? Seit ich in den verdammten Kasten latsch, ist der Sedlak so, wie der Sedlak ist! Und auf einmal muß man gegen ihn was tun?« Die Irmi schaut den Stemberger an. »Was wollt's denn erreichen? Glaubst vielleicht, die schmeißen einen pensionsberechtigten Herrn drei Jahr vor der Pensionierung hinaus, nur weil er eine Sau ist und Klassenstrafen gibt?«
»Der Weininger, erinnerst dich?« sagt der Stemberger, »der hat ein Disziplinarverfahren kriegt, wegen der Watschen, die er dem Schober gegeben hat! Wenn damals niemand was tan hätte, hätt der auch kein Disziplinarverfahren bekommen!«
Die Irmi lacht hämisch. »Aber nur, weil er bedauerlicherweise vergessen hat, daß der, dem er eine Watschen gibt, der Sohn von einem Sektionsrat ist! Na, und außerdem: Was ist denn jetzt mit dem Weininger, ha? Haben sie ihn versetzt? Haben's ihn pensioniert? Nein! Da ist er!«
»Aber er hält sich jetzt zurück!« sagt der Stemberger.
»Jetzt macht er's auf die feine Methode, wo ihm niemand was nachweisen kann«, sagt die Irmi.
»Ganz so ist es nicht«, sagt der Stemberger, »und wenn's vielleicht wirklich so ist, dann nur deswegen, weil sich die Schüler eben nicht öfter wehren, und weil sie zu wenig zusammenhalten, und weil die Eltern nicht zu ihnen halten!«

»Und das willst alles ändern?« fragt die Irmi und zündet sich eine neue Zigarette an.
»Probieren muß man's«, sagt der Stemberger, »wenn du nie was probierst, dann ist es kein Wunder, wenn nix herauskommt dabei. Nur lauter Blödsinn kommt dann heraus. Wenn die 6 b dem Sedlak einen Zettel auf den Arsch pickt, und der Sedlak mit dem Zettel, wo ›Sau‹ draufsteht, im Haus herumrennt, und alle lachen, Irmengunde, hat kein Schwanz was davon, das ist nix, verstehst?«
»Aber der Wolf sagt auch, daß der Streik eigentlich ein Blödsinn ist!« ruft die Irmi.
Der Stemberger lacht. »Der Wolf sagt auch«, macht er die Irmi nach, »der Wolf sagt auch! Und ich sag dir, daß der Bluntschli ein netter Mensch ist, aber von so was versteht der nichts, da ist der unterentwickelt, wenn's dir besser gefällt, dann sag ich, er ist eine reaktionäre Type!«
»Reden wir lieber von was anderem«, sagt die Irmi spitz, und Anika denkt, daß es gemein vom Stemberger ist, derart über den Wolfgang zu reden.
Die Irmi schaut zum Schulhof hin, kriegt plötzlich einen vorweihnachtlichen Glitzerblick, hat ein Gesicht wie ein Dackel, der eine Knackwurst schnuppert.
Der Wolfgang kommt durch den Hof.
Der Wolfgang eilt zur Irmi, die Irmi sagt wieder einmal, daß sie der Bina, der Ungustl, aus der Klasse vertrieben hat, der Wolfgang sagt, daß er sie überall gesucht hat.
»Gehn wir«, sagt die Irmi, sagt: »Tschau, Schlumpfi«, nickt Anika zu. Der Wolfgang nickt dem Stemberger zu, Anika sieht er anscheinend wieder einmal gar nicht. Der Wolfgang legt den Arm um Irmis Schultern, die beiden gehen die Gasse hinunter, vorne, beim zugesperrten Eissalon, bleiben sie stehen. Der Wolfgang beugt sich zur Irmi. Küßt sie. Ob er sie auf die Wange oder auf den Hals küßt, kann Anika nicht sehen.

»Take it easy, Dummbauchi«, sagt der Stemberger zu Anika. Er schaut auch zum Eissalon hin. Der Wolfgang und die Irmi gehen schon wieder weiter. Wolfganghüfte an Irmihüfte.

Der Stemberger steht dicht vor Anika. »Nicht neidig sein, Dummbauchi!« sagt er, und dann beugt er sich vor, beugt er sich hinunter und küßt Anika auf die Wange. Anika bekommt eine Gänsehaut auf dem Rücken. Anika hält still und ist verwundert. Wenn der Stemberger nicht da wäre, würde Anika weinen. Der Stemberger küßt länger als der Wolfgang, hört erst auf, als eine Frau mit einer Einkaufstasche die Gasse heraufkommt. Da richtet sich der Stemberger auf, nimmt Anikas Schultasche vom Boden, klemmt sie unter den Arm, legt den anderen Arm um Anikas Schultern.

»Komm, Dummbauchi«, sagt der Stemberger.

Anika ist froh, daß er sie am Weinen gehindert hat. Vom Wolfgang und der Irmi ist nichts mehr zu sehen, die sind schon um die Ecke gebogen. Unten, beim Eissalon, steht jetzt der Rolli Huber und schaut zum Abstellplatz her. Wie lange er schon dort steht, weiß Anika nicht.

Der Stemberger sagt: »Mensch, der Huber kann schauen wie ein grenzdebiler Osterhas! Dabei ist er ein gescheiter Hund!« Der Stemberger haut sich den gelben Sturzhelm auf den Schädel, sagt wieder: »Komm, Dummbauchi!«

Anika weiß nicht recht, was jetzt geschehen soll. Weiß nur, daß sie auf gar keinen Fall nach Hause gehen möchte, daß sie jetzt nichts zu tun haben will mit Mütterchen und rosa Suppe und Mathe-Aufgabe und ungemachtem Bett in unaufgeräumtem Anikazimmer. Vielleicht sagt der Stemberger gleich »Dummbauchi, tschüß!« und steigt auf die Honda und braust ab. Vielleicht sagt der Stemberger aber auch: »Dummbauchi, komm, gehn wir ins Kaffeehaus!« Der Stemberger sagt: »Steig auf, Dummbauchi!« und schiebt die Honda aus dem Fahrradhalter.

Anika hockt sich hinter den Stemberger auf die Honda und ist froh, nicht nach Hause zu müssen, nicht allein die Straße hinuntergehen zu müssen, zur Ecke, zum Eissalon, wo noch immer der Rolli steht und wie ein Osterhase schaut.
Anika weiß nicht, wo der Stemberger hin will. Anika fragt nicht, wo der Stemberger hin will. Der Stemberger startet, Anika legt beide Hände um seinen Bauch.
Der Stemberger dreht den Kopf nach hinten. »Ich will mit dir allein sein, Nikl«, sagt er und schaut dabei überhaupt nicht aus wie der Stemberger, den Anika kennt.

# Ersatzkaffeestunde

Der Stemberger biegt bei der großen Kreuzung stadtauswärts. Dorthin, wo die Häuser niedrig und klein werden, wo auch schon Gärten zwischen den Häusern sind. Bei der Meitengasse, in der Anikas Haus steht, sind sie längst vorüber, bei der Endstation von der Straßenbahn auch. Anika friert.

Der Stemberger fuhr geradeaus, die Straße den Berg hinauf. Anikas Finger, vorne über dem Stembergerbauch verschlungen, handschuhlos, waren eiskalt und gefühllos. Anika legte den Kopf auf den dunkelgrünen ledernen Stembergerrücken. Dort war es auch hart und kalt. Der Stemberger fuhr schneller als Mopeds fahren dürfen, schneller als Mopeds überhaupt fahren können. Der Cousin vom Stemberger war Mechaniker, hatte das Gymnasium nicht geschafft, schafft es nun spielend, eine Honda aufzumöbeln.

An Anika flitzten Häuser vorbei, Zäune, Blumen, in Anikas Kopf waren Bilder ohne Gedanken dazu: Eine tizianrote Mutter, die beim Gasherd stand und in verbruzzelter Soße rührte, die Irmi dicht beim Wolfgang, der Rolli schrittschrittwechselschritt, dann auch der Banarik und die Semmel mit dem magerrosa Schinken.

Der Stemberger ging in die Kurve, wurde langsamer, noch eine Kurve, noch eine, jetzt fuhr er ganz langsam. Der Weg war schmal und holprig. *Amselweg* stand auf einem blauen Emailleschild in weißen Buchstaben. Hinter dem Schild waren blätterlose Sträucher und Gartenzäune, kahle Obstbäume, dürre Spaliere, Rosenstöcke in Lumpenschals gewickelt.

Vor einer grüneisernen Gartentür hielt der Stemberger, über der Tür war Dornengestrüpp, das Dornengestrüpp war im Sommer eine Heckenrosenranke. Der Stemberger

griff mit einer Hand durch ein Zaunloch hinter die Gartentür, zog einen Riegel weg, stieß die Gartentür auf, ging vor Anika den Weg zum Gartenhaus hin.
Das Gartenhaus hatte grüne Fensterläden, kleine Herzen waren aus dem Holz gesägt. Der Stemberger steckte zwei Finger in das Holzherzloch eines Fensterladens und holte einen Schlüssel heraus.
»Familiendepot«, sagte er.
Anika stand neben der Haustür, neben einer fetzenumwickelten Wasserleitung, neben fünf leeren, schmutzigen, umgekippten Blumentöpfen, neben einer Wäscheleine mit drei alten löchrigen Aufwischtüchern, steifgetrocknet flatternd, und zitterte vor Kälte.
Der Stemberger sperrte die Tür auf. Hinter der Tür war noch eine Tür, die war nicht zugesperrt.
»Rein in die gute Stube, Madame«, sagte der Stemberger und hatte noch immer kein richtiges Stembergergesicht. Anika machte zwei Schritte in das Haus hinein, es roch muffig und kalt und gestorben. Es roch nach alten Erdäpfeln und ausgewachsenem Zwiebel. Und nach feuchten Fetzen.
Der Stemberger machte die eine Tür zu, die andere Tür zu. Es war jetzt ziemlich finster. Bis auf die Herzholzlöcher, durch die fielen staubiggraue Lichtbündel.
»Nikl«, sagte der Stemberger, ganz leise sagte er: »Nikl.« Er griff nach Anika, zog Anika an sich, murmelte nah an Anikas Mund: »Nikl«, murmelte in Anikas Mund: »Nikl.« Die Lippen vom Stemberger waren kalt und hart und trocken, wurden warm und naß und weich. Eine Stembergerhand war auf Anikas Rücken, hielt Anika fest, drückte Anika an den Stemberger. Die andere Stembergerhand war in Anikas Haaren, auf Anikas Hinterkopf, hielt den Kopf fest. Anika wußte nicht genau, was sie spürte. Bilder waren wieder in ihrem Kopf. Der Banarik war in ihrem Kopf. Warum, zum Teufel, war

ausgerechnet der Banarik, der Zehnerreihen legte, in ihrem Kopf? Der paßte auf gar keinen Fall hierher!
Jetzt wanderte der Stembergermund auf Anikas Wange, zum Hals, zur Wange zurück, über die Nase, zur anderen Wange, zum abstehenden Anikaohr, blieb beim Ohr, war ganz heiß. Anika hielt sich am Stemberger fest. Die Stembergerwange war kalt und glatt und schmeckte salzig.
»Ach, Nikl«, sagte der Stemberger leise, »ach, Nikl!« Und dann ließ er Anika los, so schnell, daß Anika taumelte, wackelte, und der Stemberger sagte: »Ich hab einen Riesenhunger!« Anika spürte ihren Hunger jetzt auch wieder. Der Stemberger ging zum Fenster, machte das Fenster auf, machte den Holzladen auf, schloß das Fenster wieder. Jetzt war es hell im Zimmer. Anika schaute sich um, sah eine alte Küchenkredenz, einen alten Tisch mit alten Stühlen, einen Propangasherd, und hinter dem Zimmer, in dem Anika und der Stemberger waren, war noch ein Raum. Anika sah das Ende von einem Stockbett.
»Die Möbel da, die sind von der gestorbenen Anna-Tante«, sagte der Stemberger, während er in der alten Küchenkredenz herumkramte.
»Hast auch Hunger?« fragte er.
Anika hatte bisher zum Stemberger immer nur Stemberger gesagt, hin und wieder auch Schlumpfi. Stemberger ging jetzt nicht mehr, und Schlumpfi war er garantiert auch keiner mehr. Es fiel Anika ziemlich schwer, aber sie sagte: »Riesenhunger, Stefan!« Und sie merkte, nachdem sie es gesagt hatte, daß es gar nicht so schwer war. Sie übte: »Ich könnt eine Greißlerei* auffressen, Stefan!« Und: »Gibt's was zu essen da, Stefan?« Stefan konnte man sogar ohne was dazu sagen, einfach dreimal hinter-

* Lebensmittelgeschäft

einander: »Stefan-stefan-stefan!« Und der Stefan legte den Dosenöffner weg und küßte Anika dreimal auf die Nase, hörte dafür noch dreimal Stefan-stefan-stefan und sagte wieder: »Ich fall aber jetzt gleich um vor Hunger, Nikl!«
An einer Wand war ein offener Kamin, der gar nicht in das Gartenhaus paßte, viel zu groß und sehr komisch. Mit knallroten Ziegeln war er eingefaßt.
»Den hat mein Alter selber gebaut«, sagte der Stemberger. »Eisenbahners Traum«, grinste der Stefan. Ob man da einheizen kann, fragte Anika. »Uno momento, Maria!« rief der Stefan, holte Zeitungsblätter und knüllte sie zusammen, legte sie auf den Rost, holte Späne aus einer Kiste neben der Kredenz, holte dicke Holzstücke aus einer Schachtel unter dem Tisch, legte sie auf das zerknüllte Papier, zündete mit dem Feuerzeug an. Dreimal ging die Flamme aus, dann brannte das Holz an.
Aus dem Raum mit dem Stockbett holte der Stefan eine Decke und einen Polster und eine große Matratze. Ein Donald Duck war auf den Polster gestickt. Der Stefan warf die Matratze vor den Kamin, und die Decke und den Polster legte er drauf. Er öffnete die Thunfischdose, holte ein Paket Zwieback und zwei Dosen Bier aus der Kredenz, trug alles zur Matratze, zum Kamin, küßte Anika, kippte mit Anika um, fiel mit Anika auf die Matratze, lachte, sagte: »Mensch Nikl, hoffentlich magst Thunfisch mit Gemüse!«

Nikl und Stefan lagen auf der Matratze, dicht nebeneinander, die Decke hatten sie bis zu den Schultern gezogen, das Feuer neben ihnen war warm, die Fischdose war leer, der Zwiebacksack war leer, die Bierdose vom Stefan war leer. Anika mochte kein Bier, überhaupt kein Dosenbier. Anika steckte ihren Kopf unter Stefans Schulter, bekam dort ziemlich wenig Luft zum Atmen, fand es aber trotzdem schön dort. Sie bohrte ihren Kopf unter Stefans Schulter durch, lag nun Gesicht an Gesicht mit ihm, Nase an Nase, die Augen so dicht beieinander, daß der Stefan plötzlich drei Augen hatte, das dritte war über der Nase, auf der Stirn.

Anika rückte ein Stück vom Stefan weg und schaute den Stefan an. Sie konnte zwischen dem Stefan und dem Stemberger nur wenig Ähnlichkeit entdecken. Der Stemberger war anders gewesen, hatte keine so langen Wimpern gehabt, Wimpern, die man zwischen die Lippen nehmen und küssen konnte, und so viele Haare hatte der Stemberger auch nicht gehabt. Und die Nase vom Stemberger konnte gar nicht so gerade und so weich und warm wie die Nase vom Stefan gewesen sein.

Anika drängte sich dicht an den Stefan. Draußen war es fast dunkel. Ein Novembertag dauert nicht sehr lange. Das Feuer im komischen Kamin war auch nicht mehr hell. Der Stefan schob eine Hand unter Anikas Pullover. Anika schaute nicht mehr den Stefan an, Anika schaute auf das letzte glühende Holzstück im komischen Kamin. Anikas Hose hatte keinen Zippverschluß vorne, sondern drei Knöpfe im Military-Look. Die Hand vom Stefan war jetzt mit den Knöpfen beschäftigt. Die Knöpfe wollten nicht aufgehen. Die Knöpfe gingen doch auf.

»Willst du, Nikl?« fragte der Stefan.

Nikl glaubte zu wollen.

»Bist du sicher, daß du willst?« fragte der Stefan.

Anika glaubte noch einen Augenblick lang, wirklich zu wollen, dann war da was Unangenehmes, was Unbekanntes, Anika wollte nicht mehr, wollte die Stembergerhand loswerden, versuchte den Stefan wegzudrängen, versuchte wegzurücken, stemmte die Hände gegen die Stefanbrust, sagte: »Nein!« Und, völlig lächerlich, dazu: »Nicht heute!« Sie drehte sich auf den Bauch, legte den Kopf auf die Arme und sagte nichts mehr.

»Warum denn nicht?« fragte der Stefan.
Anika zuckte mit den Schultern. Ob das der Stefan im Dunkeln sehen konnte, wußte sie nicht. Der Stefan seufzte.
»Bist jetzt sauer?« fragte Anika.
»Nein«, sagte der Stefan, »wirklich nicht!« Es klang nicht sehr überzeugend.
»Ich muß jetzt nach Haus gehen«, sagte Anika, »ich muß jetzt aber wirklich nach Haus gehen, wie spät ist es denn?«
Der Stefan hielt die Hand zum glühenden Scheit im Kamin. »Fünf vorbei«, murmelte er.
Anika sprang auf, tat, als hätte sie es furchtbar eilig, sagte was von einer bitterbösen Mutter, die noch immer in der verbruzzelnden Soße rührte, knöpfte die Military-Knöpfe zu und zog den Pullover zurecht.
Der Stefan lag noch auf dem Boden. »Wenn ich der Wolfgang wär«, murmelte er, »dann hättest noch Zeit!«
Anika schüttelte den Kopf.
»Und ob!« Der Stefan stand auf, hob die Decke und den Polster auf, warf Decke und Polster gegen das dunkle Türloch zum Hinterzimmer, traf das Türloch nicht, Decke und Polster fielen auf die alten Sessel beim alten Tisch. Ein Sessel kippte um.
»Und ob!« wiederholte der Stefan. »Merkt doch ein jeder! Sogar der Rolli Huber! Wegen dem Wolfgang würdest sogar bei der Zeitung mitmachen!«
»Das ist nicht wahr!«
Der Stefan schleppte die Matratze ins finstere Hinterzimmer. Anika hörte die Matratze auf das Bett klatschen. Anika kam es vor, als ob der Stefan leise fluchte. Anika setzte sich auf einen Sessel und wartete, bis der Stefan zurückkam.
Der Stefan kommt zurück, macht Licht, die Lampe ist über dem Tisch, das Licht tut Anika in den Augen weh.

Die Lampe ist häßlich. Ist auch von der Tante Anna. Die Lampe hat blaue Blumen aufgemalt. Der Stefan wirft die leere Thunfischdose in den Mistkübel, knüllt den Zwiebacksack zusammen, wirft ihn auch in den Mistkübel, und die Bierdosen hinterher.
»Weißt du, was ich bin?« fragt er Anika.
»Nein.«
»Ersatzkaffee!«
»Nein!«
»Doch! Ersatzkaffee! Eins-a-Qualität! Haben Sie keinen echten Wolfgang im Haus, versuchen Sie doch einmal einen Stemberger!« sagt der Stefan.
»Du bist gemein!«
»Wer da gemein ist, hat man ja grad gesehen!«
»Wieso?«
»Beim Wolfgang hättest gewollt!«
Der Stefan zieht sich den Lumberjack an. »Aber weil der die Irmi hat, kann ich herhalten, und dann willst nicht!«
»Das stimmt nicht!« schreit Anika. »Wirklich nicht!«
»Und warum willst dann nicht?«
»Das hat nichts damit zu tun, überhaupt nichts, ich will halt nicht!«
Der Stefan sagt nichts.
»Sag doch was!« sagt Anika.
»Was soll ich denn sagen?« sagt der Stefan.
»Also, ich hab Angst davor!« sagt Anika und kommt sich unheimlich tapfer vor, weil sie das zugibt.
Der Stefan sagt wieder nichts.
»Richtige Angst!« sagt Anika. »Es geht einfach nicht!«
»Na, dann komm, Dummbauchi«, sagt der Stefan, er dreht das Licht aus. »Das Mütterchen wartet, Dummbauchi!«
Das Mütterchen ist weit weg. Jemand der so weit weg ist wie das Mütterchen, kann ruhig warten. Anika bleibt im Dunkeln sitzen. »Hast du schon oft?« fragt sie.

»Was hab ich schon oft?«
»Ob du schon oft mit einer Frau im Bett warst.«
Der Stefan lacht, sagt: »Es war nicht immer grad eine ›Frau‹ und Bett war's manchmal auch keins!«
»Und wann war's das erste Mal?«
Der Stefan wird ungeduldig. Er will gehen.
»Ich möcht es aber wissen!« beharrt Anika.
»Vorigen Sommer, im Juli!«
»Und mit wem?«
»Mit der Serviererin vom Aquila in Florenz in der Via Cavour! Bist jetzt zufrieden?«
»Siehst es«, sagt Anika, »vor einem Jahr warst aber älter, als ich jetzt bin! Und die Serviererin, die war sicher auch älter!«
»Hundertunddrei war sie!« sagt der Stemberger, und dann zieht er Anika vom Sessel hoch, schiebt sie zur Tür, schiebt sie in den Garten hinaus, sperrt die Tür zu, sagt: »Brauchst dich ja nicht zu verteidigen, wer nicht will, der will nicht!«
»Aber ich –«
Der Stefan unterbricht Anika. »Aber du, aber du«, sagt er, »aber du würdest höchstens mit dem Wolfgang!« Der Stefan geht den Kiesweg zum Gartentor hin, Anika geht hinter ihm her. Draußen, auf dem Weg, brennen schon die Straßenlampen. Anika hockt sich hinter den Stefan auf die Honda.
Der Stefan dreht sich um. »Es ist schon fast halb sechs! Wird deine Alte wild sein?«
»Ist doch mir völlig wurscht«, sagt Anika.
»Gib nicht so an«, sagt der Stefan und grinst.

# Fragestunde

Der Stefan fuhr schnell, sie waren schon drinnen in der Stadt, die Autos und die Straßenbahn machten enormen Lärm. Anika brüllte dem Stefan ins Ohr, er solle sie auf der Hauptstraße, an der Ecke absetzen, aber der Stefan hörte sie anscheinend nicht, bog in die Seitengasse ein, fuhr genau vor Anikas Haustor, blieb stehen. Anika wunderte sich, daß er wußte, in welchem Haus sie wohnte. Der Stefan drehte sich um, fragte: »Was hast denn die ganze Zeit gebrüllt? Ich hab nix verstanden!«

»Nichts von Bedeutung«, sagte Anika.

Über dem Haustor, aus dem Küchenfenster der alten Berger, schaute die alte Berger und hatte endlich eine Sehenswürdigkeit entdeckt. Wegen der Gerstl Anika lohnte es sich sogar, das Küchenfenster aufzumachen. Die alte Berger beugte sich weit aus dem Fenster, schließlich brauchte sie ja auch Details zum Weitererzählen. »Das Gerstlmensch auf einem Moped«, genügte in den heutigen Zeiten nicht mehr. Die alte Berger ärgerte sich, weil der Stefan den Sturzhelm aufhatte. Sie konnte nicht einmal erkennen, ob der Bursche lange Haare hatte!

Anika sah die alte Berger, und Anika sah, daß die alte Berger neugierig starrte. Anika streckte der alten Berger die Zunge heraus.

Tief befriedigt machte die alte Berger das Fenster zu. Jetzt konnte sie es der hochnäsigen, rothaarigen Gerstl sagen: »Ihre Tochter hat mir die Zunge gezeigt!« Jetzt mußte die rothaarige, hochnäsige Gerstl einmal zuhören! »Auf einem Moped mit einem Langhaarigen ist sie gesessen, und die Zunge hat sie mir gezeigt!«

Anika, mit den Gedankengängen von siebzigjährigen Frauen nicht vertraut, geht ins Haus, mit dem Bewußtsein, den alten Bergerdrachen vernichtet zu haben.

Anika steigt die dreimal achtzehn Stufen hoch, es ist schon dreiviertel sechs. Ede wird daheim sein, und die Mutter wird nicht mehr wütend sein. Wütend war sie sicher nur bis vier Uhr. Ab vier hat sie dann Angst gehabt. Und darauf, daß die Angst jetzt nicht wieder in Wut umschlägt, darauf wird schon Ede schauen, weil er eine wütende Frau nicht ausstehen kann.
Bei der Wohnungstür hat Anika noch keine passende Antwort parat, aber das macht ihr keinen Kummer. Sie hat viel Fantasie, und Anika pflegt zu Rolli zu sagen: »Und wenn ich dann in ihr Gesicht schaue, und sie schaut mich so blöd an, dann fallen mir ein Dutzend erstklassige Schmäh ein! Einer besser als der andere!«
Anika sperrt die Tür auf.
»Na endlich!« Die Mater-dolorosa-Stimme nähert sich, kommt auf Fliederhufen, dahinter Ede mit Was-ich-mir-jetzt-alle-hab-anhören-müssen-Blick.
»Es ist drei Minuten vor sechs«, sagt die Mater dolorosa. Es ist genau dreiviertel sechs!
Anika fällt das Basketballspiel ein, das unaufschiebbar auf heute verschoben worden ist. Anika fällt ein dauernd besetztes Telefon ein. Anika fällt eine kranke Kothbauer ein, die sie nach Hause bringen mußte, und die sie dann nicht weggelassen hat, und dazu natürlich wieder das dauernd besetzte Telefon.
Doch plötzlich, Anika versteht es selber nicht, hat Anika keine Lust mehr auf eine Lüge. Sie sagt: »Tut mir echt leid, ich war beim Stemberger, die Zeit ist so schnell vergangen!«
Die Mutter starrt verwirrt. Zuerst auf Anika, dann auf Ede. Der Ede kneift, dreht sich um, geht ins Wohnzimmer. Anika begreift, daß die Mutter mit einer Lüge gerechnet hat, daß der Mutter eine Lüge lieber gewesen wäre. Anika merkt, daß sie gegen die Mutter-Kind-Spielregeln verstoßen hat. Ohne Spielregeln ist die Mutter

aufgeschmissen. Mütterchen versucht hilflos, sich weiter an die Spielregeln zu halten.
»Aber du hättest doch wenigstens anrufen können, du weißt doch, daß ich mir Sorgen mache!«
So hätte Mütterchen auch bei Lüge eins bis Lüge zwölf reagiert. Und jetzt sollte Anika das vom besetzten Telefon sagen, doch Anika gefällt es ohne Spielregeln. Anika sagt: »Wir waren in seinem Gartenhaus, dort hat er kein Telefon!«
»Wer ist wir?« Mütterchen mag sich noch immer nicht von den Spielregeln trennen. Anika soll jetzt, bitteschön-umhimmelswillen, ein Dutzend Namen aufsagen. Möge die Schrebergartenhütte platzen vor heiter-jungen Menschenkindern, die zusammen die Uhrzeit vergaßen.
»Wir ist: er und ich!« sagt Anika.
»Er und du«, sagt Mütterchen sinnend, »er und du«, wiederholt Mütterchen und schaut dabei auf ihre Fliederhufe. Und dann: »Findest du das richtig?«
»Ob ich was richtig finde?« Anika zieht den Mantel aus, schlüpft aus den Schuhen, schleudert die Schuhe zum Schuhkasten hin, will zum Ede ins Wohnzimmer.
»Ob du es richtig findest, daß du mit diesem Steininger allein . . .«
»Stemberger!« korrigiert Anika, ist schon bei der Wohnzimmertür.
Ede sitzt hinter der Zeitung, liest aber nicht, lauscht, will seine erzieherische Außenseiterposition demonstrieren.
»Ist ja ganz wurscht, wie der Schnösel heißt«, sagt die Mutter. Sie kommt hinter Anika ins Wohnzimmer. Sie hat eine neue Spielregel gefunden. Die Wiederholregel. Sie wiederholt also noch einmal: »Ich frag dich, ob du es richtig findest, daß du einen ganzen Nachmittag lang allein mit einem Schnösel in einer Schrebergartenhütte bist. Schließlich bist du kaum vierzehn vorbei!«
»Na und?« Anika dreht das Radio auf.

»Laß das!« schreit die Mutter.
Keine Spielregeln – neue Spielregeln, und dazu noch Popmusik, das ist zuviel. Anika dreht nicht ab, Anika dreht leise.
»Essen wir nicht schon bald?« fragt der Ede hinter der Zeitung.
»Ede, sie kann doch nicht mit vierzehn allein mit diesem Stemberger in einer Schrebergartenhütte sein!« sagt die Mutter zur Zeitung.
»Kommt drauf an, was sie dort tut«, murmelt der Ede.
»Na, was werden sie dort schon tun!« Die Mutterstimme bekommt den Kreischton, den Ede so überhaupt nicht mag. »Wozu geht man denn in eine Schrebergartenhütte, da könnten sie ja auch woanders bleiben, im Kaffeehaus, oder sonstwo!«
Ede verzieht das Gesicht. Ede leidet. Je mehr die Mutterstimme kreischt, um so leiser wird der Ede. »Sie können in der Schrebergartenhütte Karten spielen, Tee trinken, zusammen lernen, sich Witze erzählen . . .«
»Daß ich nicht lach!« kreischt die Mutter. Holzstämme könnte man durchsägen mit der Stimme!
Ede murmelt weiter: »Bilder anschauen, vom letzten Urlaub erzählen, Radio hören, schmusen . . .«
Die Mutter drischt mit der flachen Hand auf Edes Zeitung, Ede erschrickt sehr, die Mutter packt die Zeitung, wirft sie quer durchs Zimmer, in eine Ecke. Die Zeitung zerflattert, Ede schaut ihr traurig nach, wagt aber nicht aufzustehen und die Zeitung zu holen; dabei hätte er sich so gerne an der Zeitung festgehalten.
»Tu nicht so, als ginge dich das alles gar nichts an, schließlich ist sie nicht nur meine Tochter, sondern auch deine Tochter, und der Oberobererziehungsberechtigte, der bist du! Ich darf ja nicht einmal ein Scheißzeugnis unterschreiben, das darf ja nur der Herr Vater!« kreischt die Mutter.

Der Ede nickt, sagt seiner Frau, sie soll sich hinsetzen und kein Theater machen, weil man alles in Ruhe und Frieden besprechen kann. Die Mutter setzt sich hin, ist still, wartet, daß der Ede in Ruhe und Frieden zu sprechen beginnt, aber dem Ede fällt anscheinend nichts ein.
Anika beugt sich vor, verschränkt die Arme, sagt: »Ich würde gerne von euch wissen, was ich mit einem Burschen tun darf, und was ich nicht tun darf. Aber genau bitte, wenn es geht!«
Ede und die Mutter schweigen.
»Darf ich mit Burschen reden, oder soll ich nur mit Mädchen reden?«
Die Mutter fährt empört hoch, sagt, Anika soll nicht so einen Blödsinn daherquatschen, das sei impertinent.
»Darf ich mit Burschen ins Kino gehen oder ins Kaffeehaus oder spazierengehen?«
Die Mutter sagt, da hat doch keiner was dagegen, das weiß doch Anika ganz genau, das tut doch Anika schließlich dauernd, und sie, die Mutter, hat doch noch nie etwas dagegen gesagt.
»Darf ich mich verlieben, oder ist das schon verboten?«
Die Mutter nickt bei verlieben und schüttelt den Kopf bei verboten. Aber man sieht, das Gespräch gefällt ihr gar nicht. »Wär ja auch schwer möglich, daß man jemandem das Verlieben verbietet«, murmelt der Ede. Er will auch was zum Gespräch beitragen.
»Darf ich küssen?«
Die Mutter sagt, in Anikas Alter sei das nicht unbedingt nötig, das käme alles noch früh genug, das solle man sich doch für später . . .
Der Ede unterbricht seine Frau: »Sie hat dich doch nicht gefragt, ob es nötig ist, sie will wissen, ob es verboten ist!«
»Verboten ist es nicht!« schreit die Mutter. »Wie stellt ihr mich denn hin!« erregt sich die Mutter. »Ich bin doch kein prüder Trampel, ich bin doch nicht die Wewerka!«

(Die Wewerka wohnt vis-a-vis und hütet ihre Töchter enorm. Schleicht sogar hinter den Töchtern her, spioniert ihnen nach und hat sogar einmal einen Detektiv bezahlt, der die große Tochter eine Woche lang überwacht hat. Die ganze Gegend lacht darüber.)
Anika überblickt die Situation: Der Ede spielt fortschrittlicher Vater. Die Mutter muß sich verteidigen, sitzt in der Zwickmühle, hat keine Theorie für die gewünschte Praxis. Anika ist obenauf.
Anika sagt milde zur Mutter: »Nun weißt du aber sicher, falls du es nicht schon wieder vergessen hast, daß es grundverschiedene Küsse gibt!«
Die Mutter befaßt sich mit der Nagelhaut am linken Mittelfinger. Sie schiebt mit dem rechten Daumennagel daran herum.
»Sind die alle erlaubt?«
Nickt das Mütterchen? Nickt das Mütterchen nicht? Jedenfalls sagt das Mütterchen nicht, daß eine bestimmte Kußsorte verboten für Anika sei.
»Und wo, bitte, dürfen seine Hände beim Küssen sein?«
Das Mütterchen zuckt zusammen, läßt die Nagelhaut in Frieden.
»Wo dürfen seine Hände sein?« fragt Anika wieder.
Der Ede schaut, als ob er das auch schon lange hatte wissen wollen.
»Das kann man doch so nicht fragen!« Die Mütterchenstimme klingt armselig.
»Wie kann man denn fragen, was kann man denn sagen?« erkundigt sich Anika.
»Man muß selber wissen, wie weit man gehen darf!« Die Mutter erhebt sich, versucht, ein unnahbar-würdiges Gesicht zu machen.
»Woher muß ich das wissen?« Anikas Stimme ist sehr laut. »Wir sind nicht streng katholisch oder so was, und gesagt hat es mir auch nie jemand, und ich hab auch

nirgends eine Klingel eingebaut, die klingelt, wenn es zu weit geht!«
Die Mutter ist schon bei der Wohnzimmertür. Sie tut sehr eilig, so als wäre Nachtmahl herrichten die oberste Verpflichtung des Menschen. Die Mutter sagt: »Mit vierzehn, jedenfalls, ist es meiner Ansicht nach zu früh, man ist nicht reif genug, du mußt jetzt einmal erst was lernen, du mußt dich noch entwickeln, solche Sachen lenken ab. Außerdem«, die Mutter zögert, fährt aber dann mit festentschlossenem, ehrlichem, wissendem Blick fort, »außerdem hat man in deinem Alter gar nichts davon, wenn man mit einem Mann ins Bett geht!«
»Von Ins-Bett-Gehen war ja noch gar nicht die Rede«, protestiert der Ede. Die Mutter vergißt die oberste Nachtmahlverpflichtung, lehnt am Türrahmen, doziert: »Aber es führt doch dazu, es führt doch garantiert dazu!«
»Nicht unbedingt!« wirft der Ede ein, und Anika nickt.
Die Mutter: »Lächerlich! Tut nicht so! Zu was denn sonst führt die ewige Herumschmuserei?!« Sie kommt einen Schritt ins Wohnzimmer hinein. »Außerdem, entschuldigt, finde ich so eine ewige Herumschmuserei – ohne daß irgendwas draus wird – einfach ekelhaft, lächerlich. Ungustiös ist so was, dieses Petting, und wie sie das Zeug nennen, also, da find ich es dann schon normaler, wenn –«
Die Mutter hört zu reden auf, besinnt sich, daß man vor der minderjährigen Tochter nicht so spricht, geht zum Eßtisch, räumt eine alte Zeitung weg, räumt ein Wollknäuel weg.
Anika fragt: »Also, was findest du nun für mich erlaubt?«
Vom Wollknäuel hängt ein langer Faden, die Mutter wickelt den Faden auf, der Faden ist rotes Mohairgarn, Anika denkt, daß die Mutter garantiert daraus für Weihnachten einen Pullover strickt, Anika gefällt das Rot nicht, Anika hofft, daß daraus nicht ein Pullover für Anika wird.

»Ich weiß nicht, was erlaubt ist!« sagt die Mutter mürrisch.
»Und du?« Anika fragt den Ede.
Der Ede seufzt, der Ede sagt: »Also, sagen wir, mir wäre es lieber, du hättest nichts mit Burschen, weil das auf alle Fälle dein Leben und somit auch mein Leben«, der Ede zögert, »komplizierter macht. Aber wenn du meinst, du brauchst das, dann muß ich es einsehen, dann kann man nichts dran ändern, dann mußt du es eben tun. Verbieten werd ich dir nichts, gar nichts!«
Anika schaut die Mutter an. Die Mutter protestiert nicht gegen Edes Rede.
»Na schön, dann wär ja alles geklärt!» Anika steht auf, geht in die Küche, holt Nachtmahlteller, holt Eßbesteck, holt Servietten.
Nachtmahltischdecken ist Anikas Aufgabe.
Sieg auf allen Linien, denkt Anika. Unheimlich leichter Sieg, eigentlich. Anika wundert sich, daß sie sich über den Sieg gar nicht freut.

# Telefonstunde

Beim Nachtmahl herrscht gemäßigt-heitere Grundstimmung.
Der Ede – animiert von der hinter dem Eßtisch ablaufenden Nachrichtensendung im Fernsehen – schimpft auf Israel.
Die Mutter verteidigt Israel, begeistert sich für Orangenpflanzungen, wo vorher Wüste war. Verdächtigt den Ede sogar des Antisemitismus.
Ede hohnlachend: »Bist verrückt! Ich hab nur was gegen den Zionismus!«
Der Mutter ist der Zionismus egal. Die Juden müssen auch wo leben, sagt sie. Und nach all dem, was den Juden in Deutschland passiert ist, darf man überhaupt nichts dagegen sagen, sagt die Mutter.
Ede will den Palästinensern auch was zukommen lassen.
Daß die Palästinenser im Lager sind, sagt die Mutter, ist genauso die Schuld der Araber.
Ede sagt, das mag schon sein, aber das Land hat ihnen gehört.
Die Mutter sagt, wenn man dauernd bestimmen würd, wem was vorher gehört hat, dann gäb's lauter Völkerwanderungen.
Der Ede lacht die Mutter aus.
Die Mutter schimpft den Ede blöd.
Trotzdem relativ heitere Grundstimmung, weil der Nahe Osten ziemlich weit weg ist. Und schließlich Einigung zwischen Ede und seiner Frau: Die Engländer sind schuld!
Nach dem Nachtmahl gibt es im Fernsehen rotblaugrüne Fische zwischen roten Korallen, die niemanden interessieren, doch Ede und seine Frau schauen den Fischen zu, denn der Farbfernseher ist erst vier Wochen alt.

»Die Korallen stimmen nicht«, sagt der Ede, »die sind viel zu rot, der Apparat hat einen Rotstich!«
»Die Korallen stimmen schon«, sagt die Mutter, »weil die Hautfarbe vom Nachrichtensprecher gestimmt hat. Der Monteur, der da war, hat gesagt, man muß sich immer nach der Hautfarbe vom Sprecher richten, wenn die Hautfarbe vom Sprecher richtig ist, dann sind die anderen Sachen auch richtig!«
Der Ede stöhnt. Er fragt, ob neuerdings beim Fernsehen alle Sprecher gleich eingefärbt werden.
Anika lacht.
Die Mutter schaut wild, sagt, so blöd ist sie nicht, daß der eine Sprecher blaß und der andere braun ist, das ist doch ganz logisch! Um den Rotstich geht es, sagt die Mutter. Rotstichig darf er nicht sein!
Der Ede kichert glucksend. Er kichert, wenn seine Frau Nachrichtensprecher wäre, täten alle Zuseher glauben, ihr Apparat habe einen Rotstich.
Anika lacht noch mehr.
Die Mutter greift sich schuldbewußt an die roten Haarbüschel. »Die Friseurin hat eben die falsche Farbe erwischt, meine Haare sprechen anders auf Farbe an!« sagt die Mutter.
Der Ede sagt, davon redet er ja. »Wie rote Rüben mit Karotten!« kichert der Ede.
Anika merkt, wie sich das Gesicht der Mutter verändert. Die Augen der Mutter werden ganz enge Schlitze, über der Nase der Mutter sind zwei böse Querfalten, auf der Stirn ist eine Längsfalte, der Mund der Mutter ist schmal, die Mundwinkel sind nach unten gebogen.
»Mein lieber Ede, andere Frauen«, sagt der schmale Mund, »können sich eben bessere Friseure leisten! Und wenn die Haarfarbe nicht stimmt, dann lassen sie das Zeug halt umfärben! Aber dazu reicht mein Wirtschaftsgeld nicht!«

Die gemäßigt heitere Grundstimmung ist vorbei. Von Edes Gehalt ist jetzt die Rede. Das beginnt immer mit einer spitzen Mutterbemerkung und endet immer mit einem kläglichen Muttergeschluchze, und letzten Endes, vor dem Geschluchze, stellt sich dann noch heraus, daß Anika an allem schuld ist, weil die Mutter nur wegen der liebend-sorgenden Aufzucht von Anika keinem Beruf nachgehen konnte. Hätte sie Anika nicht so gut umsorgt, hätte sie einen Job annehmen können und hätte es längst weit gebracht, viel weiter noch als Ede, und könnte sich jetzt beim teuersten Friseur der Stadt die Haare ein Dutzend mal verfärben lassen.
Anika verläßt die rotblaugrünen Fische, geht ins unaufgeräumte Anikazimmer, schleudert diversen Kram vom Anikabett, hockt sich auf den Bettrand. Obwohl die Tür zu ist, hört sie die Stimmen von Ede und seiner Frau. Die sind schon beim lauten Teil der Gelddiskussion. Und die Musik, zu der die rotblaugrünen Fische zwischen den Korallen schwimmen, ist auch zu hören.
Anika greift unter die Bettdecke und holt den Rekorder heraus. Sie nimmt die Kassette heraus, legt eine neue ein, drückt auf Aufnahme, spricht ins Mikro: »Scheiß mit Reis, warum drehen sie nicht wenigstens die Fische ab, wenn sie streiten? Scheiß mit Reis, sie kann sich ja eine Tube braune Haarfarbe kaufen und das selber machen! Scheiß mit Reis, er muß ihr doch nicht dauernd sagen, daß sie wie Scheiß mit Reis ausschaut! Er schaut ja selber wie ein Scheiß-mit-Reis-alter-Affe aus, aber wenn er Scheiß mit Reis mehr verdienen würd, dann hätt sie auch keine schöneren Haare, dann hätt sie vierzehn Quadratmeter mehr Teakholzwandverbau und hundert Quadratmeter mehr Teppichbelag und noch viel mehr Scheiß mit Reis!«
Anika läßt das Band zurücklaufen, hört sich an, was sie gesprochen hat, hört sich noch einmal die ganze Rede an und noch einmal. Beim vierten Mal klingelt das Telefon.

Anika springt auf, läuft zum Telefon. Anika telefoniert gern. Wenn der Lindwurm nicht dagegen wäre, würde Anika stundenlang telefonieren. Sie bespricht alle Angelegenheiten am liebsten am Telefon und schaut sich dabei im Spiegel an, der gegenüber vom Telefon an der Blümchenwand hängt. Sie probiert dabei Gesichter aus. Gesichter, die man nur dem Spiegel zeigen kann: abgeklärt-zynisches Grinsgesicht, strahlend-lachendes Zahnpasta-Gesicht, rätselhaft-erfahrenes Frau-Gesicht, erschüttert-beherrscht-tapferes Mädchengesicht.
Anika erreicht das Telefon beim dritten Klingeln.
Hinter der Wohnzimmertür schreit Ede gerade: »Also schön, dann geh halt arbeiten, glaubst, ich hab was dagegen?«
Anika hebt den Hörer ab.
Die Mutterstimme kreischt: »Na, dann werden wir ja sehen, wie es dann ist! Wenn der gnädige Herr kein gebügeltes Hemd und kein Nachtmahl am Tisch stehen hat!«
Anika nimmt den Hörer an das eine Ohr, hält sich das andere Ohr zu, sonst kommt die Telefonstimme nicht gegen die Mutterstimme auf.
Anika murmelt: »Gerstl.«
Die Telefonstimme sagt: »Bitte, kann ich die Anika sprechen?«
»Am Apparat«, sagt Anika, und das kommt ihr unheimlich blöd vor, und sie nimmt sich vor, sich ab jetzt immer mit Anika Gerstl zu melden.
Die Telefonstimme sagt: »Servus, Nikl, ich wollt dir nur eine gute Nacht wünschen, tschau!« Dann ist die Telefonstimme weg.
Anika hat noch nie mit dem Stemberger telefoniert, kennt seine Telefonstimme nicht, aber es kann ja nur der Stefan gewesen sein. Die Stimme hat schön geklungen. Es war sicher der Stefan.

Anika legt den Hörer auf.
Hinter der Wohnzimmertür schreit Ede: »Und als was, bitte schön, willst eigentlich arbeiten?«
»Von mir aus als Häuselfrau*«, schluchzt Edes Frau, »alles ist besser als euch den Dreck zu putzen!«
Anika lächelt in den Vorzimmerspiegel hinein. Ein winziges Lächeln, so eines wie von der Dame, die den schäfchenweichgespülten Pullover an die Wange drückt. Anika geht dicht an den Spiegel ran, flüstert mit schäfchenweicher Stimme in den Spiegel: »Schlaf recht schön, gute Nacht!«
Im Wohnzimmer brüllt Ede: »Rutsch mir doch den Buckel runter, tu, was du willst!«
»Worauf du dich verlassen kannst«, schluchzt Edes Frau.
Anika wischt sich alles Schäfchenweiche aus dem Gesicht, starrt in den Spiegel, sieht drei schwarze Mitesser und einen gelben, der gelbe ist eher schon ein Eiterwimmerl. Anika drückt an den schwarzen Mitessern, die ringeln sich talggelb aus der Haut, kleben an Anikas Zeigefinger, Anika tupft mit dem Zeigefinger an die Wand neben dem Spiegel, die Talgwürmer kleben auf Mütterchens Stolz, der Blümchentapete. Anika widmet sich dem gelben Mitesser-Eiterwimmerl, spürt angewidert, daß da unter der Haut ein dicker Pfropf sitzt – an so was soll man nicht rumdrücken und überhaupt nicht mit dreckigen Fingern, sagt Mütterchen immer –, Anika drückt trotzdem mit dreckigen Fingern, zuerst tut's weh, dann macht's klick, und gelber Saft spritzt auf den Spiegel. Anika graut es ganz entsetzlich vor dem getupften Spiegel und vor dem Kinn, das jetzt rot und auch geschwollen ist, und ein kleiner Blutstropfen ist dort, wo der gelbe Punkt war. Anika drückt trotzdem weiter, vergrößert den Blutstropfen, jetzt kommt rosa Saft heraus, und das Kinn wird noch

*Klofrau

röter. Das Kinn braucht Edes Rasierwasser! Der wilde Duft von rauhen Männern hat den größten desinfizierenden Alkoholgehalt. Anika trägt das rote, geschwollene Kinn ins Badezimmer, nimmt ein Papiertaschentuch, schüttet reichlich wilden, rauhen Männersaft drauf. Ede würde jammern ob der Rasierwasserverschwendung. Anika preßt das nasse Taschentuch gegen das Kinn. Das Zeug brennt scheußlich, Anika fällt ein, daß morgen Lateinschularbeit ist; das brennt auch. Wieso hat sie das vergessen? Hat sie es überhaupt vergessen? Nein, sie hat es sowieso gewußt! Verdrängt nennt man so was, sagt sich Anika. Das klügste wäre, sagt sich Anika, morgen nicht in die Schule zu gehen. Wenn sie morgen in die Schule geht, kriegt sie mit neunzigprozentiger Sicherheit ein Nichtgenügend. Wenn sie morgen nicht in die Schule geht, muß sie aber jetzt gleich krank werden. Krankwerden ist für Anika ein Kinderspiel. Das Kinderspiel geht so: Anika setzt sich ins Wohnzimmer, gähnt, reibt sich die Augen, verkündet verwundert, daß ihre Augen brennen, und fügt hinzu, daß sie auch Kopfweh hat. Das ist die ganze Arbeit! Mütterchen kommt dann, legt die Hand auf Anikas Stirn, spürt Fieber, wo kein Fieber ist, sagt, daß das schon immer so war, wenn Anikas Augen brennen, dann bekommt Anika eine Grippe, Gott möge behüten oder was Ärgeres, jedenfalls muß Anika sofort ins Bett, und Mütterchen deckt Anika zu, und Anika klappert noch als freundliche Draufgabe mit den Zähnen, und Mütterchen triumphiert: »Na, das Fieber steigt! Sie klappert schon mit den Zähnen!«

Es ist wirklich nur ein Kinderspiel! Aber wenn Ede gerade mit seiner Frau streitet, kann man das Kinderspiel nicht spielen, da spielt niemand mit. Da könnte Anika jetzt stundenlang Augen reiben und gähnen und mit den Zähnen klappern, schluchzendes Mütterlein würde das nicht bemerken.

Anika geht, das Taschentuch noch immer ans Kinn gepreßt, aus dem Badezimmer. Im Wohnzimmer ist es still, schreit keiner mehr. Anika nimmt das Übliche an: Ede ins Bett marschiert, Edes Frau einsam-wütend-schnaufend – zwei glatt, zwei verkehrt rotes Mohairgarn verstrickend – auf der Polsterbank.
Unter diesen Umständen erscheint es doch noch sinnvoll, ins Wohnzimmer zu gehen und die Augen zu reiben. Nach einem Streit mit Ede hat Mütterchen Anika immer sehr, sehr lieb.
Anika hat sich geirrt. Auf der Polsterbank sitzen Ede und seine Frau. Sie hat den Kopf an Edes Brust liegen, und Ede streichelt die tizianroten Büschel und murmelt irgendwas, was nach Heile-heile-Segen-morgen-kommt-der-Regen klingt.
Na schön, denkt Anika und schließt die Wohnzimmertür leise, na schön, schreib ich eben morgen ein Nichtgenügend!
Na schön, denkt Anika, und legt sich ins Bett. Ist ja auch egal, ob sie ein Nichtgenügend schreibt. Anika zieht sich die Decke über die Ohren. Und wenn sie morgen nicht in die Schule geht, dann versäumt sie auch die Pausen. Und die Pausen sind schön. Und morgen müßten die Pausen eigentlich anders als sonst sein. Und der Stefan? Wird er wieder der Stemberger sein? Und wie wird es sein, wenn Anika morgen den Wolfgang sieht? Wird das auch anders als sonst sein?
Anika ist neugierig auf das Gefühl, morgen, wenn sie den Wolfgang sieht.

# Schularbeitsstunde

Ein übler Tag, ein schlechter Tagesanfang. Anika hatte am Abend vergessen, das Fenster zu schließen. Jetzt stand das Fenster offen, der Vorhang flatterte, es war enorm kalt im Zimmer.
Die Mutter, beim Wecken, beim Frühstück, mürrisch, faltenzerquetscht und mit dick geschwollenen Lidern. Längeres Weinen in höherem Alter hat Langzeitwirkung!
Der Ede ließ sich viermal wecken, schlief zwischendurch wieder ein. Edes Frau murmelte: »Für alle muß man das Kindermädchen spielen, für alle!«
Der dreiteilige Allibert zeigte Anika ein Kinn mit einer großen roten Beule. Wenn man auf die Beule drückte, tat es weh. Anika klebte ein Pflaster über die Beule. Die Mutter fand das lächerlich, murmelte gehässig: »Wegen einem Wimmerl ist noch keiner gestorben!«
Der Rolli, auf dem Schulweg, war noch viel verschwiegener als sonst. Anika wußte nicht, ob er etwas gegen sie hatte, oder ob er nur mundfaul war. Mundfaul ist er ja meistens! Es war sehr kalt. Es schaute schon wieder nach Regen aus. An der Kreuzung, bei der Ampel, trafen sie den Berti Jogek. Der ist sonst immer später dran als Rolli und Anika. Der kam heute nur früher, weil Lateinschularbeit war. Und der Rolli war doch nicht besonders mundfaul. Mit dem Berti Jogek redete er.
In der Garderobe, im Affenkäfig, ist aufgeregtes Gekreisch wegen der Lateinschularbeit. Die Schularbeit ist in der ersten Stunde.
Die Schüler, die am meisten lernen und die besten Noten haben, kreischen am lautesten und tun so, als hätten sie rein gar nichts gelernt und seien am Durchfallen. Nur der Rolli ist da eine Ausnahme. Der Rolli sagt gar nichts zur Schularbeit.

Der Zwergpudel zittert stumm. Der Zwergpudel schaut vor lauter Angst krank aus, als ob er die Gelbsucht hätte. Der Zwergpudel hatte vergangenes Jahr in Latein eine Nachprüfung, die hat er gerade noch geschafft. Aber auf die eine Schularbeit, die sie heuer schon gemacht haben, hat der Zwergpudel wieder ein Nichtgenügend bekommen. Wenn der Zwergpudel noch ein Nichtgenügend bekommt, hat der Zwergpudelvater erklärt, dann nimmt er den Zwergpudel aus der Schule. Dann muß der Zwergpudel Lehrmädchen in einer Bank werden, und da braucht er nur Hauptschule. Der Zwergpudel mag nicht in die Hauptschule, der Zwergpudel mag nicht in die Bank. Er will Kinderärztin werden. Der Zwergpudel zittert. Der Rolli sagt: »Zwergpudel, theater dich nicht hinein! Wenn du so zitterst und so eine Angst hast, dann kannst überhaupt nicht denken!« Der Zwergpudel schaut den Rolli dankbar an und zittert weiter.
Der Banarik hofft, daß er eine Stelle übersetzen soll, die er schon mit dem Lateinpferd zusammen übersetzt hat, und die verstreberte Sonntag, die in Latein jedesmal ein Sehr gut hat, kreischt, daß sie garantiert ein Nichtgenügend schreiben wird. Anika hat Lust, der Sonntag eine herunterzuhauen. Der Strobl sagt zur Sonntag: »Halt's Maul, alte Streberin!« Die Sonntag sucht Zeugen dafür, daß sie keine Streberin ist. Sie findet keine Zeugen. Die Kothbauer drängt sich von Kollegen zu Kollegen und bittet um Unterstützung in Form von Einflüsterungen und Wurfpapieren. Jeder sagt ihr die Unterstützung zu. Keiner wird sie gewähren. Anika hat eine Gänsehaut.
Der Lateiner kommt drei Minuten vor dem Läuten. Der Vorzugsmeier wird beauftragt, die Zettel mit dem Schularbeitstext auszutragen. Zuerst Gruppe a, dann Gruppe b. Anika hat Gruppe a, Rolli hat Gruppe b. Anika liest den Text. Fünf lateinische Sätze, drei deutsche Sätze. Anika sieht, daß die Sätze leicht sind. Der Lateiner teilt

die Hefte aus, setzt sich dann zum Lehrertisch, liest Zeitung, liest tatsächlich eine riesengroße Zeitung. Anika hat den Verdacht, daß die Zeitung ein Späherloch hat. Hat sie aber nicht. Die letzte Lateinschularbeit war bloß so schlecht ausgefallen. Dem Lateiner geht es um den Notendurchschnitt. Er braucht einen gewissen Notendurchschnitt. Und der gewisse Notendurchschnitt wird doch mit Zeitungslesen zu erreichen sein.
Anika fragt bei drei unklaren Stellen nach vorne zum Vonsi. Der Rolli wirft der Kothbauer, die auch Gruppe b hat, einen Zettel zu. Die Kothbauer ist so nervös, daß sie den Zettel nicht fangen kann. Der Zettel liegt neben ihrem Pult. Die Kothbauer steht auf und hebt den Zettel auf, zittert dabei. Aber der Lateiner schaut nicht von der Zeitung hoch. Erst zehn Minuten vor dem Läuten macht der Lateiner die Zeitung zu, wandert in der Klasse auf und ab, nickt, schüttelt den Kopf, tippt sogar in etliche Hefte auf falsche Wörter. Sagt sogar einmal zum Zwergpudel: »Konjunktiv! Konjunktiv!« Der Lateiner spielt Schutzengel. Es ist fast wie zu Weihnachen.
Hinterher Sachsen-Weimar auch fast wie Weihnachten, und dann die große Pause und der dritte Stock. Weder der Stemberger noch der Wolfgang sind in der Klasse. Die Irmi ist da und strickt einen Pullunder. Das ist ihr neuester Tick. Sie strickt in jeder Pause. Die Irene und der Otto und der Herbert sind natürlich auch da. Dem Otto fallen plötzlich und ungerechterweise die dreizehn Schilling ein. Anika hat nicht einmal einen Schilling. Der Otto schimpft. Der Herbert, sagt er, ist ihm auch noch einen Dreißigerschmaus vom Kino schuldig. Und die Irene schuldet ihm drei fünfzig. »Ihr glaubt alle, mein Arsch ist ein Münzamt!« erregt sich der Otto. »Ich bin ja nicht der Stemberger, ich hab ja keinen Goldarschesel!«
Anika fragt, wieso der Stemberger eigentlich immer Geld hat. Ob er so reiche Eltern hat.

»Überhaupt nicht«, sagt der Herbert, »dem sein Vater ist bei der Eisenbahn, irgendwas Winziges!«
Der Goldarschesel, erfährt Anika, ist der Sohn von der großen Lebensmittelhandlung in der Hauptstraße. Der Sohn von der Lebensmittelhandlung ist neun Jahre alt und müßt schon längst in die Sonderschule gehen, wenn der Stemberger nicht jeden Tag mit ihm lernen würde. Mindestens eine Stunde. Und das honoriert die Lebensmittelhändlerin fürstlich. Vorher hat sie schon ein Dutzend richtige Lehrer für den Sohn gehabt. Aber die waren längst nicht so erfolgreich wie der Stemberger.
»Aber, dir gesagt, mit dem Trottel«, sagt der Otto und verzieht das Gesicht und macht nach, wie der Sohn von der Lebensmittelhandlung dreinschaut, »mit dem Trottel möcht ich mir mein Geld nicht verdienen. Das ist Schwerarbeit!«
Anika wundert sich, daß der Stemberger nie vom Lebensmittelhändlersohn redet.
»Früher hat er schon von ihm geredet«, sagt die Irene, »aber jetzt nimmer.« Sie zeigt auf den Otto und den Herbert. »Weil die sich immer lustig gemacht haben über seinen kleinen Deppen!« Die Irene denkt nach. »Und der Schlumpfi, der mag seinen kleinen Deppen. Sogar spazieren geht er mit ihm, ich hab ihn schon ein paarmal gesehen.«
Anika bleibt bis zum Läuten in der Siebenten. Vom Wolfgang und vom Stemberger ist immer noch nichts zu sehen. Anika mag nicht fragen, wo die beiden sind.

# Verschwörungsstunde

Wieder in der Klasse zurück, merkt Anika, daß der Rolli nicht da ist. Nach dem Huber Rolli kann man ruhig fragen. Der Rolli Huber, erfährt Anika von der Kothbauer, ist in der Direktion, als Unterstufenvertreter. Zu dritt sind sie dort. Der Sebastian als Schulsprecher, der Stemberger als Oberstufenvertreter, und der Rolli für die Unterstufe. Sie sind mit der langen Liste aller Dr.-Sedlak-Vergehen dort.

»Und der Wolfgang? Ist der nicht auch dabei?« fragt Anika.

Zuerst weiß die Kothbauer nicht, welchen Wolfgang Anika meint, dann sagt sie: »Glaub ich nicht, als sie den Rolli geholt haben, war er jedenfalls nicht dabei!«

»Der kann ja gar nicht dabei sein«, sagt der Vonsi, »der spielt jetzt grad Basketball, gegen die Löwengassler!« Die Löwengassler sind die Schüler der Schule in der Löwengasse.

Der englische Mensch, der gleich darauf in die Klasse kommt, erregt sich ungemein über die Abwesenheit des Rolli Huber.

»Aber er ist doch in der Direktion!« ruft die Kothbauer.

»Was will er dort?« fragt der englische Mensch.

Niemand sagt ihm, was der Huber in der Direktion will.

»Sicher wieder absolut außerschulische Agenden!« sagt der englische Mensch, und die, sagt er, möge man gefälligst außerhalb der Schulzeit oder in der Pause erledigen! Und er werde das nicht einreißen lassen! Er trägt den Huber als fehlend ins Klassenbuch ein, sagt er, und tut es auch. Und dann lesen sie, was drei Männer in einem Boot an unterkühltem englischem Humor zum besten geben. Anika hat das Gefühl, das könnte eine lustige Geschichte sein, wenn nicht zuerst der Zwergpudel einen Satz lesen müßte, und dann der englische Mensch die Aussprache von drei Wörtern verbessern würde, und der Zwergpudel hierauf den Satz wiederholte, und dann der Vonsi den Satz stotternd übersetzte, wobei der englische Mensch mit vier Wörtern aushilft, und dann der englische Mensch den Satz korrekt übersetzt, und der Vonsi den Satz korrekt wiederholt. Über so einen Satz kann kein Schwein mehr lachen. Das ist schade, denkt Anika.

Der Rolli kommt erst am Ende der Stunde. Der englische Mensch macht ihn auf die Eintragung im Klassenbuch aufmerksam. Der Rolli zuckt mit den Schultern, der Englische sagt, daß das Folgen haben wird, der Rolli zuckt mit den Schultern, der Englische sagt, daß er nicht mit den Schultern zucken soll, sonst wird auch das Folgen haben, der Rolli zuckt mit den Schultern und murmelt etwas.

»Was haben Sie eben gesagt?« schreit der Englische. Wenn der Englische ganz wütend wird, sagt er Sie zu den Schülern.

Der Rolli will nicht sagen, was er gemurmelt hat.

»Das wird Folgen haben!« schreit der Englische wieder. Der Rolli geht zu seinem Platz.

»Wie war's denn?« flüstert Anika. Der Rolli gibt ihr keine Antwort. Anika findet, der Rolli soll sich nicht so blöd benehmen. »Was hast denn, warum sagst denn nix?«

Der Rolli tut, als habe er nichts gehört.

Anika will mit dem Rolli nicht böse sein. Was sie mit dem Stemberger hat und mit dem Wolfgang nicht hat, das ist eine andere Sache, das hat doch nichts mit dem Rolli zu tun. Deswegen wird man doch nicht eine alte Schulehe aufgeben! Der Rolli wird gefälligst wieder vernünftig werden und das einsehen müssen!

Anika jedenfalls wird so tun, als ob zwischen ihr und dem Rolli alles in Ordnung wäre, dann kann der Rolli einfach nicht weiter beleidigt sein. Anika wird dem Rolli zeigen,

daß sie lieb und gut ist. Anika greift in Rollis Pult, holt die *Three men in a boat* heraus, schlägt ihm die drei Männer auf, hält ihm sogar den Zeigefinger an die Zeile, die gerade übersetzt wird. Dem Rolli bleibt nichts anderes übrig, als dankbar zu nicken. Und gleich darauf flüstert er: »Wir waren die ganze Zeit beim Direx. Der Stemberger, der Sebastian und ich!«
Anika lächelt. Sie hat ja gewußt, daß dem Rolli gar nichts anderes übrig bleiben wird, als freundlich zu sein.
»Und was war?«
»Nix.«
»Wieso nix?«
»Genau wie immer. Er hat gesagt, der Kollege Sedlak ist alt und leidend, und wir sollen Verständnis haben, hat er gesagt.«
»Na, und dann?«
»Der Stemberger hat gesagt, wir haben aber kein Verständnis, wir wollen nicht mehr!«
Der englische Mensch schlägt schon dreimal mit der flachen Hand auf den Lehrertisch. Was hat er denn? Was will er denn? Ach so! Er will, daß der Huber und die Gerstl endlich zu tratschen aufhören. Bitte, das kann er ja haben! In spätestens drei Minuten läutet es ohnehin.

In der nächsten Pause verkündet der Rolli, daß ab morgen Prüfungsstreik ist. Morgen ist Latein, Turnen, Geschichte und Mathe und Physik. In Turnen wird nicht geprüft, in Mathe auch nicht, der Lateiner wird eventuell Vokabeln abfragen wollen, aber das sind kleine Fische, das ist keine Prüfung. Bleibt also Geschichte und Physik. Der Geschichtsmann ist der Klassenvorstand. Für die Geschichtsprüfungen stehen für morgen auf der Liste: die Kothbauer, Anika und der Vorzugsmeier.
»Wer ist morgen in Physik dran?« fragt die Kothbauer. Dran werden sein: der Huber, der gewöhnliche Meier,

der Vonsi und der Strobl. Die machen keine Schwierigkeiten. Huber, Meier, Vonsi und Strobl nicken einander zu. Kein Problem! Und die Kothbauer wüßte nicht, was sie lieber tät, als bei der Prüfung kein Wort zu sagen. Anika spürt ein leichtes, angenehmes Prickeln, ein aufgeregtes Prickeln, wenn sie an eine prüfungsstumme Anika denkt. Stumm-gelassen-lächelnde Anika vor dem Geschichtsmann. Bleibt der Vorzugsmeier!
»Vorzug?« fragt der Rolli, und alle schauen gespannt auf den Vorzug. Der Vorzug schaut, zwinkert, zuckt, schnuppert, bleich um die Nase herum, aber bleich ist der immer, Vorzug sagt: »Ja, bitte?«
»Ob du morgen die Prüfung verweigerst oder nicht?« fragt der Rolli.
Der Rolli fragt langsam und deutlich und laut, so, als ob er zum tauben Urgroßväterchen sprechen würde.
»Ja«, sagt der Vorzug.
»Auf eine Frag mit oder kannst nicht ja sagen, du Depp, du«, schreit der Fidi.
»Nein«, sagt der Vorzug.
»Also, haltest morgen das Maul?« brüllt die Kothbauer.
»Ja«, sagt der Vorzug.
»Brav, Vorzug«, sagt der Rolli.
Anika beobachtet den Vorzug. Er kommt ihr sonderbar vor. Da stimmt was nicht, denkt Anika, daß der so einfach ja sagt. Anika teilt ihre Besorgnis dem Zwergpudel mit. Der Zwergpudel ist aufgekratzt-heiter, wegen der Lateinschularbeit. Der Lateiner hat in ihrem Heft gleich auf drei Fehler getippt, und der Zwergpudel hat die Fehler erkannt, und der Lateiner hat »schönschön« gesagt. Der Zwergpudel rechnet also mit einem Genügend, träumt sogar von einem Befriedigend. Der Zwergpudel will sich die Laune nicht verderben lassen.
»Du siehst Gespenster«, sagt der Zwergpudel, »der Vorzug wird schon parieren, der macht sich immer aus

Angst in die Hosen, und im Moment hat er eben vor uns mehr Angst als vor sonst was, also wird er parieren!«
Im Moment, denkt Anika, im Moment! Man müßte ihn überwachen, denkt Anika, damit der Moment anhält. Anika kann nicht weiterdenken, weil der Stemberger in die Klasse kommt, auf Anika zugeht. Die Kothbauer grinst.
Der Stemberger geht gar nicht auf Anika zu, er geht zum Rolli. »Alles in Ordnung?« fragt er den Rolli.
Der Rolli nickt.
»Und der Meier auch?« fragt der Stemberger. Er schaut sich um. Er kennt ja den Vorzug nicht.
Der Rolli zeigt ihm den Vorzug.
»Er hat gelobt, er macht mit«, sagt die Kothbauer.
Der Stemberger fragt den Vorzug: »Sicher?«
Der Vorzug nickt schnuppernd, nasezitternd.
Der Stemberger nickt zufrieden. Die Sache scheint für ihn erledigt. Er dreht sich zu Anika. »Tag, Nikl«, sagt er, »gehn wir morgen ins Kino?«
»All right«, sagt Anika, »all right!« Wenn die ganze Klasse zuschaut, sagt man besser nur all right.
Anika begleitet den Stefan zur Klassentür. An der Tür fragt sie: »Geht ihr heut ins Kaffeehaus?«
Der Stefan sagt, er geht nicht. Er hat keine Zeit. Er muß mit dem Fredi in den Zirkus gehen. Der Fredi ist so fixiert auf Löwen.
»Wer ist denn der Fredi?«
»Mein kleiner Depp«, sagt der Stefan freundlich, und dann galoppiert er den Gang hinunter. Anscheinend will er noch vor Sachsen-Weimar, der gerade in den dritten Stock hinaufgeht, in der Klasse sein. Anika bleibt bei der Tür stehen, hält sie dem anmarschierenden naturgeschichtlichen Führlinger auf. Der Führlinger ist darob gerührt.

# Flipperstunde

Anika wollte nach der Schule gleich nach Hause gehen, aber in der Garderobe, vor dem Affenkäfig, erklärte ihr die Irene, daß sie alle noch ins Kaffeehaus gingen.
Der Wolfgang war auch wieder da. Hockte drei Gitterkäfige weiter und stöhnte und streckte und reckte sich und war ganz kaputt vom Basketballspiel und schilderte, wie sie die Löwengassler in Grund und Boden gestampft hatten, und wie er der Oberstampfer gewesen war. Und einen Durst hat er! Wenn er nicht gleich ins Kaffeehaus kommt und ein doppeltes Cola mit Schuß kriegt, dann flippt er aus!
Anika sah die Irmi nirgends. Der dicke Otto stand bei der Treppe, Anika zog die Straßenschuhe an, hängte sich den Mantel um die Schultern, nahm die Schultasche unter den Arm, ging zum dicken Otto.
»Wo ist denn die Irmi?« fragte sie.
»Die ist nach Haus gegangen, stricken«, sagte der Otto, »hat ein Streiterl mit'm Bluntschli gehabt!«
»Warum?«
Vor dem dicken Otto braucht man sich nicht zusammenzunehmen, kann man ruhig neugierig sein, der Otto versteht was von Neugierde. Doch warum die Irmi mit dem Wolfi gestritten hat, wußte er auch nicht, sagte: »Meine werte Dame, hin und wieder ein kleiner Streit ist unter Liebenden altes Brauchtum!«
Anika wollte nun ins Kaffeehaus gehen.
»Otto«, sagte sie, «Otto, borgst mir einen Zehner?«
Der Otto wehrte sich, wand sich, aber so Aug in Aug mit einem Bittsteller, kann der Otto nie nein sagen, sagte: »Aber das letzte Mal!«, rückte den Zehner heraus, auf Ehrenwort, daß er ihn morgen zurückbekommen würde.

Der Ober atmet auf, als er sieht, daß nur vier Stück Schüler zur Tür hereinkommen. Vier Stück sind die halbe Lautstärke. Ein doppeltes Cola mit Schuß für den Wolfi, ein Cola für Anika, ein Schinkenbrot und Tee für den Otto, ein Vanilleeis für die Irene, und niemand macht Anika den Platz neben dem Wolfgang streitig. Der Wolfgang redet noch immer vom Match, redet von den dreißig Bällen, die er in den Korb gebracht hat.
»Nimm die Hälfte, Bluntschli«, sagt der Otto. Der Wolfgang wird wütend. Dreißig waren's und keiner weniger, und wer das nicht glaubt, ist ein gemeiner Hund, warum sollte er denn mehr sagen, er hat das nicht nötig. Anika glaubt ihm die dreißig Körbe.
Der Otto und die Irene wollen aber überhaupt nichts mehr vom Match hören, sagen sie. Sie wollen lieber von morgen reden. »Vom lückenlosen Prüfungsstreik«, sagt der Otto. Er sagt es fasziniert.
Der Wolfgang hält tatsächlich nichts vom Streik. Sagt: »Sturm im Wasserglas«, sagt: »Viel Lärm um nichts!«, sagt: »Wichtigmacherei!«, sagt: »Ihr macht euch doch Illusionen!«, sagt, er hat keine Illusionen, da arrangiert er sich lieber mit dem Sedlak, da schaut mehr heraus.
Das erregt den dicken Otto. Er verschluckt ein großes Stück Schinkenbrot und muß husten. Hustend sagt er: »Wenn alle so wären wie du, ging auf der Welt nix weiter!«
»Was hältst denn du davon, Nikl?« fragt der Wolfgang.
Nikl weiß nicht, was sie sagen soll. Nikl fühlt sich geehrt, daß der Wolfgang ihre Meinung wissen will. Nikl möchte nichts sagen, was den Wolfgang ärgern könnte. Nikl glaubt, diplomatisch zu sein, wenn sie sagt: »Man wird ja sehen!«
Anika fühlt sich wohl neben dem Wolfgang. Anika hat ihr Cola längst ausgetrunken. Der Wolfgang fragt, ob sie von seinem doppelten Cola was will, hält ihr das Glas hin.

Die Irene will den Wolfgang überzeugen. Redet vom Sedlak und den anderen Ungustln unter den Lehrern, denen man es zeigen muß, die kapieren müssen, daß es Grenzen gibt. Sie sagt: »Das Unterrichtsgesetz ist sowieso schon pestig genug, aber wenigstens das müssen wir durchsetzen, daß die Herrschaften nicht noch pestiger sind als die Gesetze!«
»Es gibt aber auch andere Lehrer«, sagt Anika. Sie sagt es erstens, weil es stimmt und zweitens, weil sie meint, das hört der Wolfgang gerne.
»Natürlich«, sagt der Otto, »gibt's andere, aber von denen reden wir ja jetzt nicht!«
Den Wolfgang ödet das an. Er will flippern. Wer geht mit ihm flippern? Auf der Hauptstraße unten, da ist ein Kaffee, da kann man flippern!
»Flippern und Balli schupfen«, sagt die Irene, »mehr hast nicht im Schädel!« Außerdem muß die Irene nach Hause. Die Mittagessen-Mutter wartet. Der dicke Otto mag auch nicht flippern.
»Nikl, gehst du mit mir?«
Anika hat auch eine Mittagessen-Mutter. Aber Anika hat so lange gewartet, ziemlich genau auf das, was jetzt geschehen könnte, hat Anika gewartet. Wenn einer so lange auf etwas wartet, dann kann er meistens schlecht entscheiden, ob er es überhaupt noch will, dann muß er das einfach tun. Anika sagt, für ihr Leben flippert sie gern! Und gerade jetzt, könnte sie sich nichts Schöneres als Flippern vorstellen.
Die Irene zieht eine Augenbraue hoch, geht, zahlt beim Ober an der Theke. Der Otto wieselt hinter ihr her. Der Wolfgang ruft den Ober.
»Zahlen, Herr Chef!« ruft er.
Der Ober läßt sich Zeit. Der Wolfgang legt seinen Arm um Anikas Sessellehne. Anika sitzt kerzengerade. Sie hat starkes Herzklopfen.

Auf dem Weg zum Flipperkaffee trägt der Wolfgang Anikas Schultasche. In gewissen Kreisen ist das von Bedeutung. In gewissen Kreisen werden Mini-Verlöbnisse durch Schultaschen-Tragen angezeigt. Anika ist fischstumm, ihr fällt nichts zu reden ein.

»Wenn der Schlumpfi heute beim Match dabeigewesen wäre«, sagt der Wolfgang, »hätten wir noch höher gewonnen. Aber der Herr muß ja in der Schule bleiben, Streik organisieren!«

Anika fällt auch dazu nichts ein.

»Das hat er von seinem Vater.« Der Wolfgang sagt das sehr höhnisch. »Der ist Betriebsrat bei der Eisenbahn! Jetzt spielt er auch Betriebsrat!«

Anika fällt wieder nichts ein.

»Sozialistischer Betriebsrat ist der bei der Eisenbahn, natürlich.« Es klingt so, als ob der Wolfgang das für ein arges Vergehen halten würde.

Anika bleibt fischstumm.

»Dabei geht seine Mutter jeden Tag in die Kirche! Die hat fast einen religiösen Wahn!«

Anika schaut verwirrt.

»Auf Zimmer-Küche-Kabinett wohnen die! Und er hat eine Honda! Typisch proletenhaft!«

Anika schaut noch verwirrter. Jetzt fällt ihr doch etwas ein: »Ich hab geglaubt, du und der Stefan, ihr seid Freunde.«

Der Wolfgang zuckt mit den Schultern. Sind sie ja auch, sagt er, er hat ja nichts gegen den Schlumpfi, außer daß der Schlumpfi nicht zum Match mitgekommen ist. Und überhaupt, was wahr ist, muß wahr bleiben. Das kann man ruhig sagen. Ob Anika überhaupt weiß, daß der Stemberger seiner Mutter die Entschuldigungen vorbuchstabieren muß? Sonst sind in jedem Satz vier Rechtschreibfehler. Nein, Anika weiß das nicht. Anika weiß auch noch nicht, daß dem Stemberger seine Schwester Friseurin wird, und daß die Mutter wie eine Marktfrau ausschaut. Der Wolfgang erzählt es ihr genau.

Anika und der Wolfgang bleiben lange im Flipperkaffee. Der Wolfgang flippert, Anika steht neben ihm, schaut ihm zu. Der Wolfgang ist ein toller Flipperer. Im Lokal ist es furchtbar rauchig. Der Rauch brennt Anika in den Augen. Hin und wieder macht der Wolfgang eine Flipperpause, dann trinkt er einen Schluck Cola, hält Anika die Zigarette an den Mund. Anika zieht an der Zigarette. Manchmal geht einer vorbei, der sagt »Hei, Puppe!« zu ihr, einer greift ihr sogar an den Hintern. Das ist so üblich, in solchen Lokalen. Der Wolfgang schaut dann so empört, als wollte er auf Besitzstörung klagen.
Dann hat der Wolfgang genug geflippert. Er begleitet Anika nach Hause. Unter einem Arm hat er ihre Schultasche. Und den anderen Arm legt er um Anikas Schultern. Auf der Hauptstraße, dort, wo man in die Seitengasse zu Anikas Haus abbiegt, ist eine Straßenbahnhaltestelle. Bei der Haltestelle steht der Stemberger mit einem kleinen Buben. Anika und Wolfgang gehen auf der anderen Straßenseite. Die Straßenbahn kommt gerade. Der Stemberger schaut auf die Straßenbahn, den kleinen Buben hält er an der Hand.
»Der Schlumpfi und sein Fürsorgefall«, sagt der Wolfgang.
»Wieso Fürsorge? Er kriegt ja Geld dafür!«
»Für die Nachhilfe kriegt er Geld! Den Zirkus gibt er dem Dodel als Draufgab!«
Die Straßenbahn fährt schon. Anika sieht den Stemberger beim Schaffner stehen.

Die Mutter ist wieder einmal ein Lindwurm. Seit zwei Stunden hält der Lindwurm das Erdäpfelpüree warm, und jetzt ist es ein harter, brösliger Klumpen, und das

Geselchte hat den allerletzten Fleischgeschmack an das Kochwasser abgegeben.
Anika würgt wortlos am brösligen Klumpen und an den geschmacklosen Fleischfasern. Sie ißt alles auf, um den Lindwurm zu besänftigen. Dann erzählt sie, daß sie bei einer Schülervollversammlung war, um den Schulsprecher zu wählen. Sie schildert haarscharf und wahrheitsgetreu die Schulsprecherwahl, wie sie vor fünf Wochen stattgefunden hat.
Der Lindwurm wird zahm, wird Mütterchen. »Übrigens, Ani, da war einer da, ein netter Bursch!« Den Namen hat die Mutter vergessen. Aber gesagt hat er ihn, er war ein Bursch mit guten Manieren. Und einen kleinen Buben hat er mitgehabt. Der war auch sehr nett. Auch mit guten Manieren.
»Was wollte er denn?«
»Sie wollten, daß du mit ihnen in den Zirkus gehst!«
Mütterchen schält für Anika eine Orange.
»Wärst um fünf Minuten früher gekommen, hättest ihn erwischt!«
Und bei der zweiten Orange will Mütterchen wissen, wer der nette Bursch war. Bei der dritten Orange erzählt ihr Anika, daß das der Stemberger war, der, mit dem sie in der Schrebergartenhütte gewesen ist. Und bei der vierten Orange erklärt Mütterchen, daß ihr dann gar nicht mehr bange ist, denn der Stemberger hat sehr nett und freundlich ausgesehen. »Ein anständiger Bursch«, sagt das Mütterchen.
Anika weigert sich, eine fünfte Orange zu essen. Anika fragt sich, ob die Mutter wirklich derart hirnverdreht ist, daß sie glaubt, einen anständigen Burschen zwischen Tür und Angel nach drei Sätzen zu erkennen.
»Im übrigen«, sagt Mütterchen, »zeig der Berger nicht die Zunge, sie hat sich beschwert.«
»Die ist eine Kuh«, sagt Anika.

Die Mutter nickt. »Und sie sagt, du warst mit einem Halbstarken auf einem Motorrad!«
»Das war der Stemberger, das war ein Moped!« sagt Anika.
»Die Berger ist wirklich ein Trampel«, sagt die Mutter.

# Streikstunde

In der Schule ist eine irre Stimmung, man riecht, daß was in der Luft liegt, alle sind nervös, tun, als ob sie ganz ruhig und gelassen wären.
In der ersten Stunde ist Physik. Rolli, Vonsi, Strobl und der gewöhnliche Meier rüsten sich, gürten sich mit überlegenem Lächeln.
»Dalli, der Maly!« ruft der Zwergpudel, der bei der Tür lauert.
Heute ist Physik nicht im Physiksaal; dort ist die 3 b. Die Schule ist zu klein, würde zwei Physiksäle brauchen.
Der Maly ist einer von denen, denen das Strammstehen egal ist. Gegen den Maly hat niemand etwas. Der Maly hat auch gegen niemanden etwas. Der Maly hat auch für niemanden etwas. Der Maly hat was für Elektrolysen und Atommodelle. Der Maly ist ein Außenseiter unter den Lehrern, bewohnt in den Pausen nicht das Lehrerzimmer, ißt seine Käsesemmel zwischen dem Otto-Motor und dem Turbinenmodell.
Der Maly nickt der 4 a zu, setzt sich hinter den Lehrertisch, holt sein kleines Büchlein heraus. »Na, bringen wir zuerst die Prüferei hinter uns!« sagt er.
Der Rolli steht auf.
»Du möchtest als erster?« Der Maly freut sich. Der Huber ist ein kluger Knabe, den Huber zu prüfen ist nicht anstrengend, da tun sich keine Abgründe von Unwissen auf. »Also, Huber«, der Maly denkt sich eine Frage aus, klopft dabei mit dem Kugelschreiber gegen die falschen Vorderzähne; so ein Geräusch macht das nur bei falschen Zähnen, es scheppert.
»Bitte, nein«, sagt der Rolli und wünscht sich, daß der Wurm oder der englische Mensch oder der Sedlak selber dort vorne sitzen würde. Das würde mehr Spaß machen.

»Bitte, wir lassen uns nicht prüfen, wir stehen in Streik, die ganze Schule, bis auf die ersten drei Klassen, streikt!«
»Lückenloser Prüfungsstreik«, ruft die Kothbauer.
»Prüfungsstreik?« Der Maly zieht das Wort unheimlich lang in die Länge. Man sieht, wie er denkt dabei. Der Maly muß noch länger denken, darum wiederholt er: »Prüfungsstreik?«
»Ja«, sagt der Rolli, »wir streiken gegen den Dr. Sedlak. Der Dr. Sedlak macht Sachen, die nicht erlaubt sind, und solange der Herr Direktor gegen den Dr. Sedlak nichts unternimmt, lassen wir uns nicht prüfen!«
Der Maly steht auf, setzt sich auf den Lehrertisch.
»Sedlak?« sagt er. »Sedlak?« Dem Maly kann man glauben, daß er im Moment gar nicht weiß, wer der Kollege Sedlak ist. Der Maly ist erst seit zwei Monaten an der Schule.
»Latein – Geschichte – Hitlerschnurrbart!« ruft der Fidi.
Der Maly erinnert sich.
»Was tut denn der Herr Kollege?« Der Maly holt seine Brille von der Nase, putzt die Brillengläser mit dem rotblaugestreiften Krawattenende.
»Er gibt Klassenstrafen, er hält sich nicht an die Terminprüfungen, er verteilt Noten wie Hausnummern, er prüft, was er gar nicht unterrichtet hat . . .« Von allen Seiten schreien sie es dem Maly zu. Der Maly schaut kurzsichtig in der Klasse herum. »Ihr habt den Kollegen Sedlak?«
»Wir nicht, Gott sei Dank!« ruft der Zwergpudel, der seit gestern für den Lateiner schwärmt.
»Dann ist das doch nicht eure Sache.« Der Maly putzt, als ob ihm jemand die Brille vollgespuckt hätte.
»Solidarität!« schreit der Vonsi und klatscht auf sein Pult.
»Solidarität«, wiederholt der Maly sinnend, setzt die Brille wieder auf, stopft das Krawattenende in die Weste.
»Es ist noch eine Menge Zeit bis zum Zeugnis«, sagt der Maly, »wir könnten die Prüfungen um zwei Wochen

verschieben!« Der Maly schaut den Rolli an. »Oder ist das nicht im Sinne der Aktion?«
Der Rolli denkt nach. Der Streik soll was bewirken! Wenn alle Lehrer die Prüfungen einfach verschieben, dann ist es Essig mit der Aktion. Auf so lange Zeit kann man die Schüler nicht bei der Stange halten. Trotzdem ist es nett vom Maly, daß er das Angebot macht.
»Also, Huber, wie hättest es denn nun gern, daß es sein soll?«
Der Rolli kommt gar nicht zum Antworten, denn die gesamte Belegschaft schreit: »Prüfung verschieben!«
Der Maly nickt, wendet sich dem Physikalischen zu.
Anika versucht, das Physikalische zu verstehen.
Rolli denkt nach, ob er sich richtig verhalten hat.

In der nächsten Pause ist ein irres Gerenne auf den Gängen. Erfahrungen, Vermutungen, Befürchtungen werden ausgetauscht zwischen den Klassen, unter den Klassen. Leute, die noch nie miteinander geredet haben, quatschen sich an; immer mit Bedacht darauf, daß die Gangaufsicht nicht mithört.
Der Führlinger, angeblich, hat in der Achten einen Tobsuchtsanfall bekommen, den Stiebitz aus der Sechsten haben die Kollegen angeblich nur durch eine an den Hintern angesetzte Zirkelspitze zum Mundhalten bewegen können. Und der Wurm in der anderen Sechsten, der hatte dort Chemie und ist in Tränen ausgebrochen. Und außerdem ist der Sedlak selber seit heute früh in Krankenstand.
Ob sich der Direx schon irgendwie geäußert hat? Hat er? Hat er nicht? Gerüchte! Alle Lehrer im Direktorszimmer! Die Kothbauer will sogar einen Bezirksschulinspektor gesehen haben. Das Sebastiangenie schreitet wie ein Feldherr durch die Menge. Der Stemberger sollte eine Armbinde haben, fungiert wie ein Ordner.

Beim Läuten drängen alle in die Klassen zurück, erwarten gespannt die Ankunft des Lehrers. Die 4a beschließt, endlich in den Turnsaal zu gehen, wird von einer heiteren Turndame und einem heiteren Turnherrn empfangen. Trifft auf die andere Vierte. Die Vierten turnen gemeinsam. Mägdlein, Büblein keusch getrennt. 4 a und 4 b tauschen Erlebnisse aus. Die 4 b hat nicht viel erlebt, kann nichts sagen, hatte Handarbeiten, hat den englischen Menschen aber durch die Wand durch brüllen gehört. Die Turndame und der Turnherr tun, als wüßten sie von nichts. Vielleicht wissen sie wirklich nichts. Vielleicht ist die Sache noch nicht bis zum Turnsaal vorgedrungen.
Die 4-a- und die 4-b-Mädchen entkleiden sich.
Die Sonntag hat unter dem Kleid einen lachsfarbenen Panzer an, eine Ritterrüstung.
In Anikas Turnbeutel ist eine fremde Hose. Die Hose ist ungeheuer groß. Anika hält die Hose hoch, schreit, der fette Besitzer soll sich melden, soll seinen Dinamo-Moskau-Slip abholen und den ihren dafür rausrücken. Niemand meldet sich. Anika rennt von Mädchen zu Mädchen, in Anikas Hose ist am Gummizug ein kleines A eingestickt. Anika zieht Hosen von Hinterteilen, schaut nach dem kleinen A aus. »Bist deppert!« schreit der Zwergpudel. Eine aus der 4 b hat Anikas Hose an, greint, daß das Riesending aber nicht ihre Hose ist, muß sich aber trotzdem von Anikas Turnhose trennen. Die Turndame fragt, was los ist, die aus der 4 b jammert wegen der Hose. Die Turndame sagt, in der Fundkiste sind drei Dutzend Hosen in allen Größen. Die aus der 4 b kramt in der Turnfundkiste, die Kothbauer rät ihr, keines der Fundstücke zu nehmen, da könnte der Tripper drin sein.
»Was ist ein Tripper?« will die aus der 4 b wissen, die Kothbauer will es ihr auch gern erklären, die Turndame schreit, sie verbittet sich das.

»Alle wollen uns blöd sterben lassen«, murmelt die Kothbauer, während sie in den Turnsaal latscht.

Sie stehen gerade in der langen Reihe, Einmeterdreiundachtzig-Koplenig aus der 4b oben, Zwergpudel unten, Anika im mittleren Drittel, da kommt einer angekeucht, als hätte er das olympische Feuer in der Hand, kommt sich so wichtig vor, daß er das geheiligte Turnpatschenparkett in Schuhen betritt, keucht auf die Turndame zu: »Bitte, die Klassensprecher sofort in die Direktion! Alle sind schon oben!«
Anika und Einmeterdreiundachtzig-Koplenig treten vor. »Beeilt euch«, sagt die Turndame. Der olympische Feuerbringer dampft ab.
Die Koplenig rennt in die Garderobe, Anika geht langsam hinter ihr her. Die Koplenig rast schon wieder, in Jeans und Pulli, aus der Garderobe, als Anika zu ihrem Kleiderhaken kommt.
Anika läßt sich Zeit. Der Rolli ist ohnehin in der Direktion. Anika wüßte nicht, was sie da oben zu tun hätte. Um ihre Meinung fragt sie ohnehin niemand. Und wenn sie wer fragen würde, würde sie sich gar nicht trauen, ihre Meinung zu sagen. Nicht nur, weil sie feig ist – das auch –, aber Anikas Meinung ist schwer zu formulieren, es müßte ihr jemand lange zuhören und geduldig zuhören, dann könnte Anika ihre Meinung sagen. Einen Teil der Meinung hat Anika von Ede. Wenn Anika bei Ede über die Schule jammert, dann sagt der Ede: »In dem System ist so ein Schulsystem System!«
Latein zum Beispiel, denkt Anika, das gehört dann auch zum System. Braucht keiner, nützt keinem, trotzdem fünf Wochenstunden. Wer's nicht aushält, wer's nicht durchhält, der kann ja gehen oder sitzenbleiben. Aber wer's brav lernt und nicht fragt warum und nicht fragt wozu, der liegt richtig.

»Solche Leute braucht das System!« sagt Ede. Und Edes Frau sagt dann immer, daß das nicht stimmt. Latein, zum Beispiel, sagt sie, ist gut für das logische Denken. Ede wiehert dann. Edes Frau hat nie Latein gelernt. Anika glaubt dem Ede.
Anika müht sich mit dem Hosenzipp. Der Prüfungsstreik, denkt Anika, ist eine Folgeerscheinung vom Sedlak, der Sedlak ist eine Folgeerscheinung vom Schulsystem, und das Schulsystem . . . endlich ist der Zippverschluß oben.
Anika geht unheimlich langsam aus der Garderobe, den langen Gang zum Treppenhaus hin, an den Türen der ersten Klassen vorbei. 1 a, 1 b, 1 c, 1 d, 1 e, fünf erste Klassen! Oben, im dritten Stock, ist *eine* Achte.
Anika denkt an alle, die nach der ersten, nach der zweiten, nach der dritten Klasse weg mußten. Ob die wirklich alle dümmer als Anika waren?
Anika steigt in den ersten Stock hinauf.
Wenn die alle noch da wären, denkt Anika, wenn die alle durchkommen würden, die in der ersten Klasse hier anfangen, wenn sie keinen rausschmeißen, durchfallen lassen, rausekeln würden, dann hätten wir ja gar keinen Platz, dann müßten wir wie die Bremer Stadtmusikanten sitzen. Im ganzen Haus gibt es kein leeres Klassenzimmer.
Anika denkt: Sie müssen also Ausschuß haben! Der Ausschuß ist schon einkalkuliert! Der Ausschuß muß produziert werden!
Und dann tun sie noch so, denkt Anika, als ob ihnen um jeden Versager leid wär! Da ist ja der Sedlak noch ehrlicher, denkt Anika. Der macht's wenigstens offen. Da weiß man, woran man ist.

Anika hört Stimmengemurmel, die Stimmen kommen von der Direktion, aus dem Vorraum her. Anika geht schneller, nimmt zwei Stufen auf einmal, kann jetzt die Tür von der Direktion sehen. Etliche Klassensprecher

kommen heraus. Sebastiangenie, Einmeterdreiundachtzig-Koplenig, Rolli Huber, der Stemberger, der Wolfgang ... Anika sieht Triumphgesichter, wird neugierig, läuft zu den Klassensprechern, die Sekretärin steht in der Tür, wachtelt, ersucht mit Piepsmausstimme, die Herrschaften mögen sich zerstreuen.
Anika drängt sich zwischen der Antibabypillen-Michaela und der Koplenig durch zum Rolli und zum Stemberger.
»Was war?« fragt Anika.
Der Stemberger redet mit dem Sebastian, er hört und sieht Anika gar nicht. Die Sekretariatsmaus wachtelt heftiger, piepst wie ein Nest voll junger Spatzen. Der Klassensprecherhaufen teilt sich in Dreiergrüppchen, der Stemberger sieht Anika, der Wolfgang sieht Anika.
Der Stemberger sagt: »Tschau, Nikl.«
»Tschau, Nikl«, sagt der Wolfgang.
»Um zwei im Kaffee«, sagt der Stemberger.
»Um zwei im Kaffee«, sagt der Wolfgang.
Anika geht neben dem Rolli zum Turnsaal hinunter.
»Ausziehen hat gar keinen Sinn mehr«, sagt der Rolli.
Vor den Türen zur Mädchen-Buben-Garderobe ist ein großer hölzerner Mistkübel. Rolli und Anika setzen sich auf den Mistkübel. Sie müssen vorsichtig sitzen, sonst kippt der Mistkübel.
»Erzähl!« sagt Anika.
»Alles in Butter«, sagt der Rolli. »Der Direx hat die Klassenstraf aufgehoben, und er hat geschworen, auf den Sedlak zu schauen, er hat zugesagt, daß er ab jetzt beim Sedlak seinen Prüfungen dabei sein wird, und die Schularbeitshefte vom Sedlak wird er kontrollieren, und der Prüfungsstreik ist vorübergehend beendet!«
»Wieso vorübergehend?«
»Na«, sagt der Rolli, »jetzt müssen wir ja erst einmal sehen, ob sich der Direx an seine Versprechungen hält!«
Anika nickt.

»Wissen möcht ich«, sagt sie zum Rolli, »wieso sich der Sedlak krankgemeldet hat, wieso grad heut, der hat doch sonst nie was!«
»Zufall«, sagt der Rolli.
»So einen Zufall gibt's gar nicht!« sagt Anika und plötzlich – es fällt ihr ganz ohne Denken ein: »Du, der Vorzugsmeier hat's dem Sedlak gesagt!«
»Glaubst?«
»Garantiert!«
»In jeder Klasse gibt's einen Vorzugsmeier«, sagt der Rolli.
»Sitzen die Herrschaften auf'm Doppeltopferl?« fragt der Geschichtsmann. Der Geschichtsmann ist auch Turnlehrer. Er muß gerade aus der Bubengarderobe gekommen sein.
Anika will aufstehen.
»Bleibt's nur hocken«, sagt der Geschichtsmann. »Seid's jetzt zufrieden?« fragt er.
Der Rolli ist zufrieden.
»Klass seid's gewesen«, sagt der Geschichtsmann, »ehrlich, mei Hochachtung!«
Anika denkt, lieb ist er, aber ein Seicherl ist er. Wär's schiefgegangen, würd er jetzt dastehen und sagen, aber Herrschaft'n, so geht's doch net, man kann do net mit'n Kopf durch die Wand rennen, hätt's doch mi gfragt!«
»Wissen Sie vielleicht«, fragt der Rolli den Geschichtsmann, weil man den Geschichtsmann um alles fragen kann, »wieso der Dr. Sedlak heute krank ist?«
Der Geschichtsmann zögert.
»Der Sedlak hat doch sonst so eine Gepriesen-sei-was-hart-macht-Gesundheit!« sagt Anika.
Man könnte fast meinen, der Geschichtsmann schaut sich um, ob jemand zuhört, man könnte fast meinen, er hat sich vergewissert, daß niemand zuhört, er sagt: »Weil er's g'wußt hat! Er hat gestern einen Anruf 'kriegt!«

»Der Vorzugsmeier?« fragt Rolli.
»Von einem entsetzten Papa!«
»Der Nöbauervater aus der Fünften!« tippt Anika.
»Irrtum sprach der Igel und stieg von der Bürste«, sagt der Geschichtsmensch.
»Wer denn?« fragen Rolli und Anika im Chor.
»Ein Vater, der mit dem Sedlak zusammen studiert hat, ein lieber Herr Kollege halt«, sagt der Geschichtsmann, »Solidarität halt!« Der Geschichtsmann grinst schief und geht in die Knabengarderobe zurück.
»Wer könnt denn das sein?« Rolli schaut Anika verwundert an.
»Ist ja auch wurscht«, sagt Anika und steht auf. Der Mistkübel kippt, der Rolli rutscht ins Papier.
»Bist blöd?« Der Rolli wurstelt sich aus dem Papier heraus. Anika lacht, im langen leeren Schulgang hallt das Lachen scheppernd.
»Ziege«, sagt der Rolli freundlich.

## Letzte Stunde

Im Kaffeehaus sind heute dreimal soviele Schüler wie sonst. Der Ober hat Kummerfalten wegen des Lärms, den die Typen machen. Und eine Extrafalte wegen des Sebastiangenies. Burschen mit Innenrollen mag der Ober nicht. Rabbihüte mag er noch weniger. Altwarenhändlersakkos empören ihn.
»Sind es jetzt acht Cola oder neun Cola?« schreit der Ober. »Zehn!« brüllt einer. »Sieben», ruft einer. Der Ober beschließt, zehn Colas zu bringen. Wenn eins überbleibt, dann muß es der letzte, vor dem Weggehen, eben bezahlen. Und wenn der wagen sollte, es nicht zu bezahlen, dann ist endlich eine Gelegenheit da, der Bande Lokalverbot zu geben. Der Ober geht zur Theke. »Und zwei große Braune!« ruft ihm jemand aus der Schüler-Nische nach. Der Ober kriegt noch eine Kummerfalte, weil er nicht weiß, ob die zwei großen Braunen gemeint sind, die er schon aufgeschrieben hat, oder ob zu diesen zwei großen Braunen jetzt noch zwei weitere große Braune dazukommen.

Anika kommt erst jetzt ins Kaffeehaus, sie hat den Rolli bis zur Ecke an der Hauptstraße begleitet, sie wollte den Rolli überreden, ins Kaffeehaus mitzukommen, aber der Rolli hat erklärt, dort paßt er nicht hin. Ist doch gar nicht wahr, hat Anika immer wieder gesagt, aber geglaubt hat sie es selber nicht.
Anika steht beim Kleiderständer, schaut sich um. Die Irmi sitzt neben dem dicken Otto und strickt tatsächlich. Der dicke Otto hält das Wollknäuel.
Der Stemberger hockt zwischen dem Herbert und der Antibabypillen-Michaela. Ihnen gegenüber der Wolfgang. Der Wolfgang sagt gerade: ». . . Mensch, und

gezittert hat er, so klein war er, mit Hut samt Feder, so klein!« Der Wolfgang lacht. »Und kein Wort mehr vom armen Kollegen Sedlak, den man doch verstehen muß!« Der Wolfgang lacht wieder.

Der redet vom Direx, denkt Anika. Der schildert, wie sich der Direx benommen hat, denkt Anika, schade, daß ich nicht dabei war.

Der Wolfgang schaut zum Kleiderständer, ruft und klopft dabei auf den leeren Sessel neben sich: »Nikl, komm an mein Herz, Baby! Niklschatz!«

Anika hängt ihren Mantel auf den Kleiderständer, das geht schwer, der Kleiderständer ist überfüllt, Anikas Mantel hat keinen Aufhänger.

»Nikl-Baby!« ruft der Wolfgang wieder.

Anika geht zum Tisch in der Nische. Die Irmi muß an einem schwierigen Muster stricken, sie ist ganz beschäftigt damit, schaut nicht einmal hoch. Und der Stemberger muß eine Fliege im Kaffee haben, weil er so emsig mit dem Löffel im Kaffee herumschaufelt.

»Herbert, gibst mir deinen Platz?« fragt Anika.

Der Herbert steht auf. »Brauchst mein Safterl auch oder kann ich das behalten?« fragt der Herbert.

Anika braucht dem Herbert sein Safterl nicht.

Der Herbert nimmt sein Safterl und wandert zum leeren Sitz neben dem Wolfgang.

Anika setzt sich zum Stemberger. Der hat die Fliege anscheinend schon gefunden. Er legt den Löffel weg.

»Nikl-Baby ist schon da!» zwitschert der Herbert, läßt sich neben den Wolfgang auf den Sessel fallen.

Der Wolfgang ist für einen Augenblick sprachlos. Aber nur für einen Augenblick, dann redet er wieder. Fängt schon wieder von der Siegesstunde an, vom Direx, wie der Angst gehabt hat, und von der Sekretärin, wie die gezittert hat, und wie kollossal das Ganze war.

»Mensch!« sagt der Sebastian. »Mensch!« Unheimlich

lang zieht er das Wort in die Länge, »Mensch, was erzählst denn, wir waren doch dabei!«
Anika schaut den Wolfgang an. Schön ist er wirklich, denkt Anika, außergewöhnlich schön.
Anika fragt den Wolfgang: »Wolfgang, welche Gegenstände unterrichtet denn dein Vater?«
Der Wolfgang, verwundert: »Geschichte und Latein! Warum?«
Anika: »Wolfgang, hat dein Vater nicht zusammen mit dem Sedlak studiert?«
Der Wolfgang nickt, nickt, als ob das ganz gleichgültig wäre, will wieder von der Siegesstunde anfangen. Wendet sich damit an die Antibabypillen-Michaela, denn die ist kein Klassensprecher, die war bei der Siegesstunde nicht anwesend.
Der Stemberger legt eine Hand auf Anikas Schenkel, sagt etwas, Anika versteht ihn nicht, hört ihn gar nicht, schaut noch immer den Wolfgang an, starrt den Wolfgang an, der merkt das schon, der redet zwar weiter auf die Michaela ein, aber zwischendurch schaut er zu Anika hin.
Die Hand vom Stemberger liegt ganz fest auf Anikas Schenkel. Was sagt der dauernd? Was sagt er leise zu Anika?
»Let it be«, sagt er leise. »Let it be!«
Jetzt hört ihn Anika, versteht, was er sagt. Anika flüstert: »Du, Stefan, der Wolfgang hat . . .«
Der Stefan unterbricht sie: »Ist mir doch bekannt, Nikl, den kenn ich doch ein bißl besser als du!«
Der Wolfgang redet weiter triumphal, schaut weiter zwischendurch zur Anika hin, jetzt auch zum Stemberger hin.
»So ein Schuft!» zischt Anika.
»Übertreib nicht«, sagt der Stemberger, »es war ja nicht er. Es war ja sein Vater.«
»Das ist doch wurscht«, sagt Anika.

»Gar nicht wurscht«, sagt der Stefan. Er lehnt sich im Sessel zurück. Anika lehnt sich auch zurück. Die Antibabypillen-Michaela, auf der anderen Seite vom Stefan, beugt sich zu Anika. Sie deutet mit dem Zeigefinger auf den Wolfgang. Sie sagt laut: »Charakter ist Glückssache!«
»Blödsinn!« sagt der Stefan. Noch lauter: »So ein Blödsinn! Wie kommst denn auf die Idee? Aufpassen mußt, wie ein Haftelmacher, und denken mußt, daß dir das Hirn raucht, sonst haben sie dich schon! Sonst gehörst schon dazu! Ohne daß du es merkst!«
Die Irmi schaut von der Strickerei hoch. »Was merkst nicht? Wer hat dich dann? Wo gehörst dann dazu?«
»Gib acht, Irmengunde!» ruft der Stemberger, »dir fallt eine Masche runter!«
Die Irmi erschrickt, senkt besorgt den Blick, schaut nach, murmelt: »Gar nicht, alle da!« und strickt weiter.
Der dicke Otto kichert, der Wolfgang hält endlich den Mund, und Anika legt ihre Hand auf die Hand vom Stefan, die auf ihrem Schenkel liegt.

# Inhalt

Christine Nöstlinger
**Pfui Spinne!**
Roman
Gulliver Taschenbuch (78723), 160 Seiten *ab 14*

Man muß für den Fall (der Liebe) gewappnet sein, denkt Christine. Warum der »Fall« noch immer nicht eingetreten ist, ist das große Problem zwischen ihr und Hasi. Die Ferienreise nach Griechenland soll dem abhelfen. Daß dann nichts so wird, wie es die beiden heimlich planen, daran ist nur Knabe Bruder schuld. Eigentlich ist keiner für die vielen Mißverständnisse verantwortlich. Oder doch? Immerhin geht es in diesem Buch auch um Mütter und Väter und um ihre Töchter-Söhne-Erziehung. Und Christine trifft endlich – allerdings nicht in Griechenland, sondern in Italien – ihre »Liebe-auf-den-ersten-Blick«. Damit hören aber die Familienprobleme keineswegs auf ...

»... witzig, drastisch und manchmal ganz schön bissig!«
*RIAS Berlin*

Beltz & Gelberg
Beltz Verlag, Postfach 100154, 69441 Weinheim

Christine Nöstlinger
**Andreas oder Die unteren sieben Achtel des Eisbergs**
Roman
Gulliver Taschenbuch (78706), 208 Seiten *ab 14*

Andreas ist ein Enkel der Kriegs- und Nachkriegsgeneration. Als er geboren wurde, gab's den Wohlstand schon. Auch in Wien. Immer mehr Fernsehen und blanke Autos haben das Leben verändert. Nichts ist mehr wie früher. Darunter leidet der Großvater, der doch einmal für ein anderes, besseres Leben gekämpft hat. Hat sich alles falsch entwickelt mit dem zunehmenden Wohlstand? Auch Andreas' Eltern leiden unter der wachsenden Entfremdung. Sie sind nur noch mit sich selbst beschäftigt. Zuwendung, die Andreas sucht, bekommt er nirgends. Jeder hilft ihm auf falsche, eigennützige Weise. Schließlich kommt er mit nichts mehr klar, mit der Liebe nicht, mit der Schule nicht und schon gar nicht mit den Eltern. Nur der Großvater begreift, was Andreas sucht. Aber wie soll er ihm helfen?

»Diese Geschichte ist realistisch und unsentimental erzählt, spannend zu lesen, anrührend und nachdenklich machend zugleich.«
*Brigitte*

Beltz & Gelberg
Beltz Verlag, Postfach 100154, 69441 Weinheim

Dagmar Chidolue
**Lady Punk**
Roman
Gulliver Taschenbuch (78711), 176 Seiten *ab 14*
*Deutscher Jugendliteraturpreis*

Terry ist fünfzehn und sieht aus wie siebzehndreiviertel. Sie ist ein Biest und ganz schön verrückt, crazy. Lady Punk. Terry hat alles, was man sich wünschen kann, alles, was man mit Geld kaufen kann, und davon hat sie genug. – In diesem Sommer will Terry wissen, was es mit der Liebe auf sich hat. Sie hat sich viel vorgenommen, zum Beispiel, die Mutter und ihren Freund Hugo auseinanderzubringen. Und vor allem, C. W. Burger aufzuspüren, der ihr Vater ist und an dem sie mit den zärtlichsten Gefühlen hängt. Doch es kommt alles anders. Keiner versteht Terry mehr. Nicht Lieschen, ihre Großmutter, die ihr doch alle Wünsche von den Augen abliest, und auch nicht Marcel, mit dem eigentlich soviel passieren sollte. Und dann kommt schließlich einer dieser Tage, an denen man meint, alles schon erlebt zu haben. An denen es unendlich schön und unendlich schrecklich sein kann. Aber es ist ein ganz gewöhnlicher Tag.

Beltz & Gelberg
Beltz Verlag, Postfach 100154, 69441 Weinheim

Miep Diekmann
**Zwei Zeiten des Lebens**
Roman
Aus dem Niederländischen von Siegfried Mrotzek
Gulliver Taschenbuch (78752), 288 Seiten *ab 14*

Josje ist 14 und ausnahmsweise einmal froh, ein Mädchen zu sein, denn sonst hätte Bob wohl nicht dieses Glitzern in den Augen. Abgesehen davon sieht die Welt für Josje nicht sonderlich rosig aus: Prüde Nonnen in der Schule, mit denen sie sich regelmäßig anlegt, »Onkel«, denen sie auf die grabschenden Finger schlagen muß, und ein Vater, der in seiner Wut mit Gegenständen um sich wirft. Und das alles nur, weil von dem Baum, auf dem die Kinder wachsen, die Jungen schon alle abgepflückt waren. – Das Leben auf Curaçao in Westindien ist oft geheimnisvoll und rätselhaft, aber Angst hat Josje nicht – schon gar nicht vor den »wilden Negern«. Mit den Schwarzen versteht sie sich nämlich blendend. Gefahr droht ihr von ganz anderer Seite. Und als die dunkle Gestalt in der weißen Uniform sie über das Dach verfolgt und Hände nach ihr greifen, steht Josje einen Schritt zu nahe am Abgrund …

Marilyn Sachs
**Fast fünfzehn**
Roman
Aus dem Amerikanischen von Angelika Eisold-Viebig
Gulliver Taschenbuch (78748), 160 Seiten *ab 14*

Imo, vierzehn Jahre alt, ist gerade von ihrem Freund verlassen worden und hat darüber hinaus unter ihrer chaotischen Familie zu leiden. Aber dann taucht Adam auf, ein geschiedener Mann mit Kind. Und Imo ist fasziniert und verliebt …

»Eine amüsante Geschichte ›aus dem Leben eines Teenagers‹, angereichert mit originellen Charakteren und erzählt in einem flüssigen, spannungsreichen Stil. Ein Schmöker für all die, die sich gerade zu dick oder zu dünn sind, die ihr Leben dem harten Kampf gegen Pickel widmen und die ganz bestimmt nie, nie geliebt werden!«
*Susanne Koppe*, *ESELSOHR*

Beltz & Gelberg
Beltz Verlag, Postfach 100154, 69441 Weinheim

Karel Eykman
**Liebeskummer**
Erzählung
Aus dem Niederländischen von Mirjam Pressler
Bilder von Sylvia Weve
Gulliver Taschenbuch (78724), 64 Seiten *ab 14*
*Holländischer Jugendbuchpreis »Goldener Griffel«*

Liebeskummer – plötzlich ist er da, obwohl mit Peter doch alles so schön gewesen war. Zuerst ist Monika einfach überrascht und ziemlich wütend, als Peter Schluß macht, aber dann kommt der Schmerz. »Unter Tränen las sie den Brief noch ein letztes Mal genau durch. Dann wurden aus dem Brief, der Karte und dem Foto lauter kleine Fetzen und Schnipsel, die in den Aschenbecher wanderten. Sehr feierlich steckte sie das ganze herzzerreißende Häufchen in Brand. Sie war stolz darauf, daß sie sich traute zuzuschauen, wie die Papierfetzen mit halben Worten und ein Stück Foto mit einem Ohr darauf verkohlten und verrauchten. Sie blies leicht hinein, um das Feuer anzufachen, und schaute zu, wie es dann langsam verglomm. Sie nahm den Aschenbecher mit zum Bad und kippte die Asche ins Klo. Sie holte tief Luft und zog an der Wasserspülung.«

Beltz & Gelberg
Beltz Verlag, Postfach 100154, 69441 Weinheim

Charlotte Kerner
**Kinderkriegen**
Ein Nachdenkbuch
Überarbeitete und erweiterte Ausgabe
Mit Fotos und einem Anhang
Gulliver Taschenbuch (78727), 268 Seiten *ab 14*

Kinder oder keine? Was Mädchen und Frauen, Mütter und Nichtmütter, Alleinstehende und Verheiratete, Berufstätige und Hausfrauen darüber denken, hat Charlotte Kerner in diesem Buch zusammengetragen und durch allgemeine Informationen ergänzt. Mädchen und Frauen zwischen 15 und 45 Jahren erzählen, wie sich ihre Einstellung zum Kinderkriegen entwickelt und im Laufe ihres Lebens gewandelt hat, weshalb und wann sie Kinder wollen, warum sie Kinder gekriegt haben – oder warum sie lieber ohne Kinder leben. Statistiken und Umfragen unter Jugendlichen zu Themen wie Heirat, Kinderwunsch, Beruf und Familie geben diesem »Nachdenkbuch«, wie es die Autorin nennt, zusätzliche konkrete Denkanstöße.

Beltz & Gelberg
Beltz Verlag, Postfach 100154, 69441 Weinheim